Abby Green

Una sola noche contigo

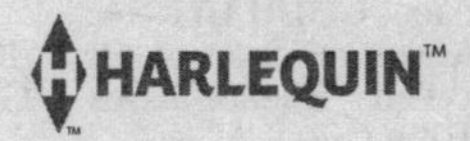

Editado por HARLEQUIN IBÉRICA, S.A.
Núñez de Balboa, 56
28001 Madrid

UNA SOLA NOCHE CONTIGO, N.º 2193 - 21.11.12
Título original: One Night with the Enemy
Publicada originalmente por Mills & Boon®, Ltd., Londres.

I.S.B.N.: 978-84-687-0892-8
Depósito legal: M-29250-2012
Editor responsable: Luis Pugni
Fotomecánica: M.T. Color & Diseño, S.L. Las Rozas (Madrid)
Impresión en Black print CPI (Barcelona)
Fecha impresion para Argentina: 20.5.13
Distribuidor exclusivo para España: LOGISTA
Distribuidor para México: CODIPLYRSA
Distribuidores para Argentina: interior, BERTRAN, S.A.C. Vélez Sársfield, 1950. Cap. Fed./ Buenos Aires y Gran Buenos Aires, VACCARO SÁNCHEZ y Cía, S.A.

Capítulo 1

MAGDA Vázquez permanecía entre las sombras, como una fugitiva, observando la entrada del lujoso hotel al que llegaba lo más granado de la sociedad de Mendoza. Apretó los labios pensando en la artificiosidad de la iluminación, que daba a la fachada un aire de cuento de hadas.

Ella siempre había sido más escéptica que fantasiosa, quizá por haber tenido una madre que la mostraba como un trofeo y un padre al que solo le hubiera interesado de ser chico.

Sacudió la cabeza para ahuyentar aquellos pensamientos y respiró hondo para frenar su acelerado corazón, al mismo tiempo que un largo vehículo plateado alcanzaba el pie de la escalinata. Le sudaron las manos y se le secó la boca. ¿Sería...?

Sí. Era Nicolás Cristóbal de Rojas, el terrateniente y bodeguero más famoso de Mendoza y de toda Argentina, que en los últimos años había triplicado el valor de su bodega, además de alcanzar reconocimiento mundial.

Iba vestido con un esmoquin negro y Magda pudo ver sus marcadas facciones cuando miró a su alrededor con expresión aburrida. Magda contuvo el aliento al volver a ver sus impactantes ojos azules. Parecía más delgado y musculoso, y su cabello castaño claro seguía contribuyendo a que destacara en medio de la multitud... además de una inconfundible aura de fuerza y de poder sexual.

A continuación Magda vio a una rubia esbelta cuyo cabello brillaba casi tanto como el vestido de lamé que llevaba y que se ceñía suavemente a cada una de sus curvas. La mujer entrelazó el brazo con el de él, y Magda sintió una inmediata punzada de dolor en el pecho a la vez que rezaba mentalmente para no sentirse afectada.

Había pasado su adolescencia soñando con él, deseándolo. Y sus estúpidos sueños habían culminado en una catástrofe que había reavivado la antigua hostilidad entre las dos familias, además de destrozar a ambos.

La última vez que había visto a Nic había sido hacía años, en un club de Londres. Cuando sus miradas se habían encontrado, Nic había teñido la suya de desprecio antes de dar media vuelta y desaparecer.

Magda se cuadró de hombros al tiempo que tomaba aire. No podía permanecer en las sombras toda la noche. Estaba allí para decirle a Nicolás Cristóbal de Rojas que había vuelto y que no tenía la menor intención de venderle sus tierras. Nic debía saberlo para que se le quitara de la cabeza ejercer la misma presión que había ejercido sobre su padre, aprovechándose de su debilidad física y emocional.

Aunque habría preferido ocultarse tras un abogado, no podía permitirse pagarlo. Y no quería que De Rojas pensara que lo temía. Por eso debía olvidar su último encuentro y concentrarse en el presente. Y en el futuro.

Ella sabía mejor que nadie hasta qué punto los De Rojas podían ser crueles, pero aun así, que Nic intentara aprovecharse de su padre, al que en cambio sí creía capaz de cualquier cosa, la había dejado atónita.

Con manos temblorosas se alisó el vestido negro con lentejuelas que había rescatado del armario de su madre para poder colarse en la prestigiosa cena anual de los Viñedos de Mendoza. Al encontrarlo, le había parecido que tenía un escote discreto, y solo al ponérselo se había dado cuenta de que, además de quedarle corto, dado que era más alta que su madre, dejaba toda la espalda al desnudo. Así que en aquel instante, con las piernas prácticamente expuestas, el cabello negro y los ojos verdes y piel pálida, herencia de una bisabuela de origen irlandés, caminó hacia el hotel, lamentando no poder pasar más desapercibida.

Nicolás Cristóbal de Rojas intentó disimular un bostezo.

–Cariño, ¿tan aburrida te resulto?

Nicolás miró a su acompañante y con una sonrisa forzada dijo:

–En absoluto.

Ella le apretó el brazo.

–Yo creo que estás aburrido. Necesitas ir a Buenos Aires a pasártelo bien. No sé cómo aguantas el tedio de este lugar –dijo, fingiendo un escalofrío. Y excusándose para ir al servicio, se alejó con un sensual mecer de caderas propio de una mujer que sabía que los hombres volvían la cabeza a su paso.

Nic, que era inmune a ese tipo de artimaña, sacudió la cabeza y agradeció que la presencia de Estela lo librara del asedio de las solteras de la alta sociedad de Mendoza. No estaba de humor ni para ellas ni para ninguna otra mujer que pretendiera algo más de él que una relación casual. Y hasta estaba dispuesto a renunciar al sexo si eso le simplificaba la vida. De hecho, sus últimos encuentros en ese campo habían sido… insatisfactorios, vacíos.

En cuanto a una relación duradera, había aprendido de la enfermiza relación de sus padres, y su elección exigiría seleccionar con mucho cuidado. Porque lo que sí sabía era que quería herederos a los que donar su legado.

Precisamente en aquel instante, una mujer apareció en la puerta del salón de baile e, inexplicablemente, Nic sintió que se le erizaba el vello. Aunque no llegaba a verle bien la cara, podía apreciar sus piernas torneadas y su figura esbelta. Pero por algún motivo le resultó familiar. De pronto ella lo vio, se quedó inmóvil por una fracción de segundo y caminó directamente hacia él.

Nic tuvo el absurdo impulso de salir huyendo. A medida que se acercaba, una idea iba tomando forma en su mente. Pero no podía ser. Hacía tantos años…

Apenas notó el murmullo sofocado de los que lo rodeaban cuando ella se paró delante de él. Una mezcla de reconocimiento e incredulidad le nubló la mente. Además de la conciencia de que era espectacular. Siempre había sido guapa, pero los años la habían convertido en una belleza de figura escultural.

Solo se dio cuenta de que la había sometido a una detenida inspección cuando fijó la mirada en sus ojos y vio que se ruborizaba, lo que bastó para que él sintiera una pulsante presión en la ingle.

Diversas emociones se agolparon en su interior, entre las que dominaron los sentimientos de traición y humillación… A pesar de los años transcurridos.

Al instante, se ocultó tras una fría máscara de indiferencia para defenderse de aquella punzada de deseo. Clavó la mirada en sus ojos verdes y tuvo que aplastar el recuerdo del sentimiento que le despertaba sumergirse en ellos.

–Magdalena Vázquez –dijo, sin un ápice de la turbación que sentía–, ¿qué demonios haces aquí?

Magda respiró hondo. El recorrido desde la puerta hasta él se le había hecho eterno y era consciente de los murmullos y comentarios que levantaba a su paso, entre los que suponía que no se diría nada bueno tras la humillante manera en la que su padre las había echado a ella y a su madre ocho años antes.

Nic esbozó una cínica sonrisa.

–Acepta mis condolencias por la muerte de tu padre.

Magda sintió una oleada de indignación.

–Los dos sabemos que no te importó lo más mínimo –dijo en un susurro para evitar ser oída por los demás.

Nicolás se cruzó de brazos, lo que le dio un aspecto aún más imponente, y ella sintió un cosquilleo en la espalda desnuda. Tenía los puños apretados.

Él se encogió de hombros.

–Mentiría si dijera lo contrario, pero me gusta ser educado.

Magda se sonrojó. Había leído hacía tiempo que

su padre había muerto. Ambos eran los sucesores de dos familias que habrían bailado de alegría sobre las tumbas de sus correspondientes difuntos, pero ella no era capaz de alegrarse de la muerte de nadie, aunque fuera un enemigo.

–Yo siento la muerte del tuyo –dijo, incómoda, pero con sinceridad.

Nicolás arqueó una ceja y preguntó:

–¿También incluyes a mi madre, que se suicidó cuando tu padre le dijo que tu madre y mi padre eran amantes desde hacía años?

Magda palideció al descubrir que Nic lo sabía, y vio en la tensión de sus facciones y en su mirada, la rabia que ocultaba tras aquella máscara de buena educación. Sacudió la cabeza. No sabía ni que su padre lo hubiera contado, ni que la madre de Nicolás se hubiera suicidado.

–No tenía ni…

Nic la paró con un gesto de la mano.

–No, claro. Estabas demasiado ocupada gastándote la fortuna familiar recorriendo Europa con tu manirrota madre.

Magda tragó saliva. Había creído que podría entrar, decir lo que quería y marcharse. Pero la antigua disputa familiar seguía viva y crepitante entre ellos dos, junto con algo más en lo que Magda no quería pensar.

Súbitamente, Nic miró a su alrededor, dejó escapar un gruñido y, tomándola por el brazo la condujo hasta un discreto rincón. Allí abandonó todo vestigio de contención y mostró un rostro sombrío y airado. Magda se soltó y se frotó el brazo.

–¡Cómo te atreves a tratarme como si fuera una niña!

–Te he preguntado que qué haces aquí, Vázquez. No eres bienvenida.

Su arrogancia indignó a Magda. Dando un paso adelante, dijo:

–Para tu información, tengo tanto derecho como tú a estar aquí. He venido a decirte que ni mi padre cedió ante tu presión para que te vendiera sus tierras, ni lo haré yo.

Nicolás la miró con desprecio.

–Solo te queda una porción de terreno yermo. En él no se produce vino desde hace años.

Magda disimuló el dolor de saber que su padre había abandonado la tierra.

–Tú y tu padre os ocupasteis de sacarlo del mercado hasta que no pudo competir.

Nicolás apretó la mandíbula.

–Lo mismo que hemos sufrido nosotros una y otra vez. Me encantaría decirte que nos dedicamos a conspirar para hundiros, pero si los vinos Vázquez dejaron de venderse, fue porque eran de inferior calidad. No necesitasteis de nuestra ayuda.

La verdad que contenían aquellas palabras abofeteó a Magda, que dio un paso atrás, más por el temor que despertaba en ella el efecto que tenía en su cuerpo que por la ferocidad de sus palabras. No pudo borrar una imagen de los tiempos en que se apretaba tanto contra él que podía sentir la prueba de cuánto lo excitaba. Era embriagador, apasionante. Lo había deseado tanto que había estado dispuesta a…

–¡Por fin te encuentro!

–Ahora no, Estela –dijo él con firmeza.

Magda agradeció la interrupción y miró a la hermosa rubia que había visto entrar en el hotel con Nic. Fue a irse, pero él la detuvo.

–Estela, espérame en la mesa –dijo bruscamente.

La mujer los miró alternativamente con los ojos muy abiertos, y se alejó silbando.

Magda sacudió el brazo para que la soltara, todavía conmocionada por el recuerdo. Notó que el vestido se le deslizaba de un hombro y vio una llamarada en los ojos azules de Nicolás. Habló precipitadamente diciéndose que se equivocaba, que no tenía el poder de perturbarlo:

–He venido a decirte que he vuelto y que no pienso vender la hacienda de los Vázquez. Antes, la quemaría. Y, por si te interesa, pienso devolverla a su gloria.

Nicolás se irguió antes de echar la cabeza atrás y dejar escapar una estentórea carcajada.

Cuando volvió a mirar a Magda, esta sintió un ardiente calor en la parte baja del cuerpo.

Nic sacudió la cabeza.

–Debiste de hacer una gran interpretación para conseguir que tu padre te la dejara en herencia. Pensaba que habría preferido dejársela a un perro antes que a ti.

Magda apretó los puños sintiendo un golpe de dolor al recordar lo enfadado que había estado su padre, con razón.

–No sabes de lo que estás hablando –dijo entre dientes.

Nicolás continuó como si no la hubiera oído.

–Es bien sabido que tu padre no tenía un peso

cuando murió. ¿Va a financiarte este capricho el empresario suizo que se ha casado con tu madre? –tensó la mandíbula–. ¿O acaso has conseguido un marido rico? ¿Encontraste uno en Londres? La última vez que te vi estabas en el lugar apropiado.

Magda se enfureció.

–No, mi madre no va a financiar nada. Y yo no tengo ni un marido rico, ni un novio, ni un amante, aunque no sea de tu incumbencia.

Nicolás la miró con sorna.

–¿Quieres decir que la mimada princesa Vázquez va a recuperar un viñedo arruinado sin ninguna ayuda? ¿Es tu nuevo hobby ahora que se han acabado las fiestas de Cannes?

Magda sintió que la invadía la ira. Nicolás no tenía ni idea de cuánto se había esforzado por demostrar a su padre que podía ser tan válida como un hombre, tan capaz como su difunto hermano. Pero ya no tendría la oportunidad de lograrlo porque su padre había muerto. Y no estaba dispuesta a perder su legado. Tenía que demostrar que podía hacerlo. No consentiría que otro hombre se interpusiera en su camino igual que había hecho su padre.

–Eso es exactamente lo que voy a hacer, De Rojas –dijo acaloradamente–. No esperes ver un cartel de «En Venta» ni ahora ni nunca.

A la vez que ella retrocedía, deseando no tener que mostrarle su espalda desnuda, él dijo con frialdad:

–Te doy dos semanas antes de que vengas suplicándome. Nunca trabajaste en el viñedo. Hace años que Vázquez no produce un buen vino, y tu padre lo remató al vender a un precio demasiado elevado. Hagas lo que hagas, fracasarás. Yo mismo me ocuparé de ello.

Magda sintió un dardo clavársele en el pecho, Nicolás sabía que no había trabajado en el viñedo porque ella se lo había dicho. Era una información íntima que él se permitía usar en su contra.

–Así que ya ves –dijo él, dando un paso adelante–, es solo cuestión de tiempo que tu propiedad forme parte de la de De Rojas. No prolongues tu agonía. Piénsalo, podrías estar en Londres la semana que viene, en un pase de modas, con bastante dinero como para comprarte lo que quisieras. Ya me ocuparé de que no tengas motivos para volver.

Magda sacudió la cabeza a la vez que intentaba ignorar la sensación de estar a un paso del abismo. El grado de hostilidad que mostraba Nicolás la asustaba.

–Este es mi hogar tanto como el tuyo. Y si quieres echarme, tendrá que ser muerta –retrocedió unos pasos más antes de añadir–: No te acerques a mi propiedad, De Rojas. No serás bienvenido.

Él sonrió con sarcasmo.

–Estoy impresionado, Vázquez. Me gustará ver hasta cuándo resistes.

Magda finalmente apartó la mirada de él y, dando media vuelta, caminó hacia la puerta con toda la dignidad que le permitieron unos zapatos, también de su madre, demasiado grandes. Solo cuando llegó al viejo y destartalado todoterreno de su padre y se sentó tras el volante, bajó la guardia y percibió el temblor que recorría su cuerpo.

Lo más espantoso era que Nic tenía razón y que

la tarea que se había propuesto estaba abocada al fracaso. Pero eso no impediría que lo intentara. Había tardado años en reconciliarse con su padre. De haberla llamado antes, ella habría acudido hacía años porque desde que tenía uso de razón, había querido trabajar en el viñedo.

Cuando recibió la sentida carta de su padre enfermo en la que manifestaba su arrepentimiento, Magda no había dudado ni un minuto en volver y salvar la tierra. La relación entre ellos nunca había sido fácil. Él nunca había ocultado que habría preferido un hijo, y que el lugar de una mujer estaba en la casa y no en el negocio de la viticultura. Pero en su lecho de muerte, la había compensado por toda una vida de desatención. Magda había rezado para llegar antes de que muriera, pero su padre había fallecido mientras ella volaba hacia Buenos Aires. El abogado de la familia la había recibido con la noticia, y ella había ido directamente al entierro.

Ni siquiera había tenido la oportunidad de ponerse en contacto con su madre, que estaba en un crucero con su cuarto marido, diez años más joven que ella.

Pero no se había sentido en ningún momento tan sola como en aquel instante, tras enfrentarse a la animosidad de Nicolás y a una tarea que, quisiera o no reconocerlo, era descomunal.

Según se contaba, los antepasados de Nic y de ella eran dos amigos españoles que habían emigrado juntos a Argentina y que, tras instalarse, habían decidido montar un viñedo. Pero en algún momento había surgido un problema entre ellos en el que una mujer tenía un papel primordial. Se hablaba de un romance truncado, de una amarga traición. Como venganza, el antepasado de Magda había jurado arruinar a los De Rojas, y para ello había fundado los Viñedos Vázquez en la propiedad colindante.

Sus vinos habían adquirido una inesperada fama en perjuicio de los De Rojas, con lo que la rivalidad había aumentado. La violencia entre las dos familias había estallado regularmente, y hasta un miembro de la familia De Rojas había sido asesinado, aunque nunca se había podido demostrar que el asesino fuera un Vázquez.

A lo largo de los años se habían dado distintos giros en la fortuna de un viñedo y otro, y cuando Magda nació, estaban a la par. La vieja hostilidad entre ambas familias había alcanzado una tregua, pero a pesar de la aparente calma, Magda había crecido sabiendo que, si tan siquiera dirigía su atención a los Viñedos De Rojas, sería castigada.

Al recordar el desprecio con el que Nic la había llamado «princesa» se ruborizó. Por aquellos tiempos, solo habían coincidido en actos sociales en los que los demás invitados se esforzaban en que las dos familias no coincidieran.

Su madre había aprovechado esas ocasiones para presentar a su hija a la última moda, forzando a Magda, de gustos sencillos y con afición a la lectura, a aparentar ser la hija interesada en la moda que ella habría querido tener. Su hermosa madre había querido una cómplice, no una hija.

Magda se había sentido tan incómoda en aquellas situaciones que había hecho lo posible por pasar desapercibida, al mismo tiempo que era consciente de la peligrosa atracción que Nicolás Cristóbal de Rojas ejercía sobre ella, seis años mayor que ella y de una arrogancia y virilidad innegables, incluso en plena adolescencia. La tensión y la distancia entre ambas familias solo había contribuido a hacerlo más fascinante y misterioso.

En cuanto cumplió doce años, su familia la envió a un internado inglés, del que únicamente volvía durante las vacaciones. Ella solo vivía para esos intervalos, y dejaba que su madre la paseara como a una muñequita solo por poder ver a Nic en los partidos de polo o en las fiestas a las que acudían ambas familias. A veces lo observaba desde la ventana de su dormitorio, inspeccionando los viñedos a caballo, y lo veía como un dios rubio, fuerte y poderoso.

Siempre que lo había visto en público, estaba rodeado de chicas. Al recordar a la rubia que lo acompañaba aquella noche, dedujo que nada había cambiado en ese aspecto…

Ocho años antes, la inestable paz que se había establecido estalló por los aires y Magda descubrió la verdadera intensidad del odio que había entre las dos familias. Que por unos días hubiera logrado que Nicolás cambiara la opinión que tenía de ella, dejó de tener importancia porque una vida de propaganda y de opiniones tergiversadas era más poderosa que una semana de intimidad alimentada por la lujuria.

Magda sacudió la cabeza y puso el motor en marcha con dedos temblorosos. Tenía la gasolina suficiente para llegar al pueblo de Villarosa, a unos veinte kilómetros de Mendoza. No dudaba de que Nic habría reservado una suite en el hotel, donde le acompañaría su rubia y esbelta amiga. En cambio ella solo tenía una casa en ruinas a la que volver, donde la compañía eléctrica había cortado el suministro por falta de pago, y en la que, tanto ella como los escasos y leales miembros que quedaban del servicio, dependían de un generador.

A la vez que aceleraba, Magda se imaginó a los antepasados de la familia De Rojas, riéndose de su patética situación.

Capítulo 2

NIC se quedó en trance mirando la delicada espalda de Magda mientras esta salía con un aire de dignidad propio de una reina.

No tenía sentido que se irritara porque él la llamara «princesa» cuando siempre lo había sido. De adolescente había pensado en ella como en una muñeca de porcelana y la palidez de su piel en dramático contraste con el cabello oscuro y los ojos verdes lo habían fascinado. En cierto momento, con una inocencia que todavía hacía que le hirviera la sangre, había llegado a creer que Magda se sentía incómoda en el ambiente privilegiado en el que se movía, y había intuido que bajo su apariencia frágil había alguien mucho más sólido.

Apretó los labios. Pronto había experimentado la solidez de aquella etérea belleza. Había estado a punto de conseguir que se cuestionara sus creencias, pero todo había sido una farsa.

Tenía la misma naturaleza seductora que su madre, una sensualidad primaria a la que ningún hombre podía resistirse. Había subyugado a su padre antes, y una generación más tarde, a él. Magda solo tenía diecisiete años entonces, y verla después de tantos años había reavivado el humillante recuerdo.

Una tarde fue a inspeccionar las viñas más próximas a la propiedad de los Vázquez. Estaba harto y frustrado con la constante melancolía de su madre, que todavía no había sido diagnosticada como una depresión; y con la cáustica y cruel violencia de su padre. Durante la cena, este, bebido, había estado protestando por el éxito de ventas de los Vázquez y había discutido con Nic, al que le irritaba que nunca aceptara sus ideas para mejorar los cultivos.

Algo le hizo alzar la cabeza y en lo alto de la loma que marcaba la linde entre ambas propiedades había visto a Magdalena Vázquez, a caballo, mirándolo fijamente. Su irritación se había transformado en una furia irracional por despertar su interés al tiempo que le recordaba la oscura rivalidad que había entre ellos y que él nunca había llegado a comprender.

La altanera imagen que presentaba sobre el caballo había espoleado a Nic a seguirla. Al verlo, ella había dado media vuelta y había puesto el caballo al galope.

Nic todavía podía sentir la sangre acelerándosele mientras la seguía. Nunca les habían dejado hablarse, pero él había observado la forma en que ella lo miraba antes de apartar la vista con timidez.

Cuando volvió a verla, con el cabello flotando al viento, cruzaba un prado como una flecha. Finalmente, en un manzanal que marcaba la frontera entre las dos haciendas, Nic había encontrado su caballo atado a un árbol y, un poco más atrás, en un claro entre los árboles, la vio a ella.

Hipnotizado por sus mejillas sonrosadas y por la mata de pelo que le caía sobre los hombros, Nic desmontó y caminó hacia ella, a la vez que su enfado se disolvía como la nieve sobre una piedra caliente. La naturaleza prohibida de aquel encuentro vibraba en el aire.

–¿Por qué me has seguido? –preguntó ella de pronto, con voz ronca.

–Puede que quisiera ver de cerca a la princesa Vázquez –dijo él irreflexivamente.

Ella palideció, le dirigió una mirada herida e hizo ademán de alejarse.

Nic alzó las manos, contrito.

–Espera. No sé por qué he dicho eso. Lo siento –tomó aire–. Te he seguido porque quería... y porque creía que tú también querías que te siguiese.

Ella se ruborizó y él, instintivamente, le acarició la mejilla. La suavidad de su piel y la nitidez con la que sus emociones se reflejaban en su rostro lo sacudieron con tanta fuerza que se quedó desconcertado.

Ella retrocedió mordiéndose el labio inferior con aspecto mortificado.

–No deberíamos estar aquí. Si alguien nos viera...

Nic vio que su pecho se alzaba, agitado. Llevaba pantalones de amazona que dejaban intuir unos muslos delgados y Nic tuvo que hacer un esfuerzo para controlarse e ignorar las oleadas de calor que lo asaltaban. Ella lo miró con un gesto desafiante que le confirmó que no era tan delicada como aparentaba.

–No soy una princesa. Me horroriza que me muestren como si fuera un maniquí. Pero es que a mi madre le gustaría que fuera como ella. Ni siquiera me dejan salir sola a montar.

La testosterona invadió el cuerpo de Nic, sonrió con tristeza.

–Yo en cambio me paso el día a caballo, trabajando en las viñas.

–Eso es lo que yo querría hacer. Pero cuando mi hermano murió, mi padre me encontró un día recogiendo la uva y me hizo entrar en casa, amenazándome con pegarme con el cinturón si volvía a hacerlo.

Nic sintió que se le hacía un nudo en el estómago. Él sabía bien lo que era tener un padre autoritario.

–Tu hermano murió hace unos años, ¿no? –preguntó.

Magda desvió la mirada y tragó saliva.

–Murió en un accidente mientras prensaban la uva. Solo tenía trece años.

–Lo siento –dijo Nic. Y preguntó–. ¿Estabais muy unidos?

Ella lo miró con desconfianza.

–Lo adoraba. Nuestro padre sufre… ataques de ira. Un día se enfadó conmigo, pero Álvaro se interpuso entre los dos. Entonces mi padre le dio una paliza. Solo tenía ocho años.

Tenía los ojos llenos de lágrimas. Nic había recibido también palizas y, sin poder contenerse, la abrazó con fuerza. La necesidad de consolar a alguien le era totalmente ajena, pero en aquel momento se sintió más unido a ella que si fuera de su propia sangre.

Magda se separó al cabo de unos segundos y con voz quebrada, dijo:

–Debo irme. Estarán buscándome.

Dio media vuelta y Nic la sujetó por el brazo. Ella se volvió.

–Espera… Ven a verme a este mismo sitio mañana –dijo él.

Nic temió que el mundo se parara y que ella le dedicara una risa despectiva. Pero Magda se ruborizó.

–Muy bien –dijo.

Se encontraron en aquel lugar secreto durante una semana, durante la que no existieron inhibiciones. Nic le contaba cosas que no había compartido con nadie. Cada día se sentía más fascinado con Magdalena Vázquez, con su etérea belleza que, tal y como fue descubriendo, ocultaba una primaria sensualidad que le despertaba un creciente deseo. Sin embargo, consiguió no tocarla. Hasta que la tensión sexual que había entre ellos los poseyó aquel último día. Cuando llegó, Magda lo estaba esperando. Sin decir una palabra, ella se cobijó en sus brazos y él la besó como si lo salvara de ahogarse. Nic le acarició el cabello, que era como seda líquida; sintió sus piernas temblorosas a medida que se echaban sobre la hierba, bajo la sombra de un árbol. Torpemente, Nic le desabrochó la blusa.

No era un joven inexperto, pero sintió que formaban un todo cuando ella lo miró con los ojos entrecerrados y las mejillas sonrosadas. Cuando le desabrochó el sujetador y le acarició los senos, estuvo a punto de perder el control.

El sabor de sus pechos y los gemidos que emitía al tiempo que mecía las caderas lo embriagaron... Por eso Nic no oyó nada hasta que notó los brazos de Magda tensarse.

Los dos alzaron la vista al mismo tiempo y vieron las siniestras figuras, mirándolos desde sus monturas. En la confusión, Nic se levantó y tapó a Magda, que se ocultó tras él. Entonces fueron separados violentamente y los empleados de sus respectivas familias los arrastraron a casa.

–¿Hola? ¿Nicolás?

Nic se sobresaltó y al mirar, vio a Estela observándolo con curiosidad. Llevaba dos copas de champán y le dio una.

–Toma, creo que lo necesitas –dijo. Nic se sentía vulnerable y expuesto, pero compuso una expresión neutra y bebió–. ¿Así que esa era una Vázquez? Parecíais enfadados.

–Es la última de la familia. Ha venido a recuperar el viñedo –dijo él, esforzándose por borrar las imágenes que su mente había invocado–. Pero ya me ocuparé yo de que me lo venda.

Irradiando tensión, se alejó de la mirada especulativa de Estela. No quería hablar de Magdalena. No estaba dispuesto a que su nombre volviera a ser motivo de rumores. Magdalena no era bienvenida, y cuanto antes lo supiera, mejor.

–¿Qué demonios pretende? –mascullό Magda, mirando las dos caras de la invitación una vez más como si fuera a estallar.

El mensaje era sencillo:

Está cordialmente invitada a la cata de los mejores vinos de la renombrada Bodega De Rojas. Sábado 7 p.m. Villarosa, Mendoza. Traje etiqueta.

La invitación había llegado con el correo de la mañana. Hernán, el viticultor del rancho, era el empleado más antiguo y leal. Él y su mujer, María, el ama de llaves, habían elegido quedarse aunque Magda les había advertido que no sabía cuándo podría pagarles. Para Magda, que acababa de terminar un curso de Enología y Viticultura, pero no tenía ninguna experiencia, la ayuda de Hernán era invaluable.

–¿Sabes que si aceptas, serás la primera Vázquez invitada a su propiedad desde ni siquiera sé cuándo? –preguntó el anciano.

Magda asintió lentamente. No tenía ni idea de a qué estaba jugando Nicolás, pero no podía negar que sentía curiosidad por conocer la afamada propiedad.

Para su sorpresa, Hernán se encogió de hombros y dijo:

–Quizá debieras ir. Los tiempos han cambiado. Nicolás de Rojas es infinitamente más inteligente que sus antecesores, y eso también lo hace más peligroso.

Magda se quedó mirando la tarjeta, pensativa. Habían pasado dos semanas desde su desagradable encuentro con Nicolás, y todavía temblaba al recordarlo.

Revisando los papeles de su padre, había descubierto las cartas con las que Nicolás lo había bombardeado para convencerlo, a veces afectuoso y otras amenazante, para que vendiera. La última, el día del fallecimiento de su padre.

Por más que hubiera querido hacer pedazos la invitación, también era consciente de que no le convenía aislarse, y que debía averiguar qué tramaba.

La fiesta tendría lugar al día siguiente. Guardó la cartulina en el cajón y recolocándose el sombrero de gaucho que llevaba puesto, dijo:

–Me lo pensaré. Entretanto debemos ir a inspeccionar los viñedos del este. Son los únicos que pueden dar cosecha este año.

Hernán asintió y fueron hacia el todoterreno.

Magda combatía continuamente el pánico de saber que se había propuesto una tarea monumental con la sola ayuda de Hernán y de los amigos que se ofrecieran a colaborar. Su padre había abandonado el cuidado de las viñas en los últimos años y no había hecho nada por modernizar los modos de producción. Las viñas del este eran las únicas que habían sobrevivido a su negligencia. Daban uva de *sauvignon* con la que se hacía el vino blanco que había hecho famosa a la Bodega Vázquez. Si lograban cosecharlas y alcanzar la calidad adecuada, podrían conseguir inversores para producir vino… y al menos pagar las facturas.

Nic esperaba en tensión en el patio central de su hacienda sin apartar la mirada de la entrada principal por la que entraba una corriente continua de invitados que acudían a la cata. Cientos de velas titilaban en enormes farolas, y los camareros circulaban ofreciendo canapés y vino. Pero Nic solo estaba pendiente de ver a Magda… a la vez que se decía que solo era porque quería que se fuera.

Pero su estómago no le mentía, y Nic sabía que esa no era la única razón. Desde hacía ocho años quería destrozarla, humillarla como ella lo había humillado. Magda lo había cautivado para que bajara la guardia y él, estúpidamente, había confiado en ella. Sus palabras resonaban en su cabeza: «Estaba aburrida, ¿vale? Quería seducirte porque representabas lo prohibido. Y lo he pasado muy bien».

Una voz gangosa sonó a su derecha.

–Es cuestión de semanas que puedas quedarte con la propiedad Vázquez.

Nic apartó la mirada de la entrada por un segundo y miró a su abogado, el señor Fierro, que había sido un buen amigo de sus padres; sobre todo de su madre. Era un hombre robusto y bajo, de ojos mezquinos y calculadores. Nic nunca le había tenido aprecio, pero no se había animado a despedirlo.

Un movimiento en la entrada captó su atención. Al mirar, vio que entraba Magdalena, y la reacción automática de su cuerpo, en tensión, así como la imperiosa necesidad de verla de cerca, le resultó casi risible. Ninguna otra mujer le había hecho sentir lo mismo. Desde donde estaba, le pareció aún más hermosa que hacía dos semanas. Llevaba el cabello recogido y un vestido largo azul oscuro, sin mangas, que dejaba a la vista sus delicadas clavículas y los hombros y brazos bien torneados. Aun así, había algo que no llegaba a encajar, al igual que con el otro vestido, y que Nic no podía concretar; pero daba la sensación de que los vestidos no fueran suyos.

–¿Quién es esa? Me resulta familiar.

–Esa –dijo Nic, irritado, sin mirar a su abogado– es Magdalena Vázquez –y fue hacia ella.

Las mejillas de Magda se colorearon y sus ojos, bajo los que se veían signos de fatiga, se fijaron en él con expresión expectante. Nic sintió una opresión en el pecho, pero no estaba dispuesto a dejarse engañar de nuevo por su fingida inocencia.

Aun así, su cuerpo tenía vida propia y no pudo evitar un instantáneo y violento golpe de deseo.

–Bienvenida a mi casa.

Magda intentó disimular hasta qué punto le afectaba la visión de Nic aproximándose, y tuvo que reprimir un comentario sarcástico al oírle referirse a lo que era un palacio como «su casa». En el pasado, también la de ella había sido grandiosa, pero en aquel momento era una ruina.

No confiaba en la aparente amabilidad de Nic, que su expresión helada desmentía. Fracasando en su intento de mostrarse indiferente, preguntó:

–¿Por qué me has invitado?

–¿Por qué has venido? –preguntó él al instante.

En aquel momento, Magda se dio cuenta de que las supuestas razones de su ida resultaban meras excusas. Debía haber roto la invitación y haberla olvidado. Pero no lo hizo.

–Para decirte que sigo en pie –declaró, cuadrándose de hombros.

Nicolás ladeó la cabeza levemente y tras hacer un gesto imperceptible, un hombre apareció a su lado.

–Magdalena, este es Gerardo, el encargado. Él te enseñará la casa. Ahora tengo que saludar a los demás invitados.

En cuanto se separó de ella, Magda se sintió inexplicablemente abandonada, y, maldiciéndose por su vulnerabilidad, se volvió hacia Gerardo.

Para cuando acabó el recorrido de la casa con este, que había demostrado ser un guía encantador, Magda sentía que le daba vueltas la cabeza. La opulencia de la propiedad era espectacular, pero, por otro lado, la casa estaba decorada con una sencillez y una comodidad que la convertían en un verdadero hogar, lo que la había impresionado aún más. Su casa siempre había sido más como un frío museo lleno de antigüedades, de las que ya no quedaba ni una.

Cuando volvieron al patio central en el que ya había numerosos invitados, Gerardo se disculpó cortésmente:

–Ha sido un placer, señorita Vázquez. La dejo en manos de Eduardo, nuestro enólogo, que le dará a probar nuestros mejores vinos.

Igualmente amable, Eduardo la escoltó a la mesa de catas.

Cuando Magda vio asomar la cabeza de Nic entre los invitados, mirándola con frío sarcasmo, comprendió el motivo de que hubiera querido mostrarle su propiedad. Desviando la mirada, se concentró en Eduardo, que le dio una explicación detallada de los distintos vinos. Al cabo de un rato, aprovechando que alguien se acercaba a él con una consulta, se alejó en dirección contraria al lugar donde Nicolás entretenía a unos invitados. Odiaba ser consciente a cada instante de su presencia, como si los uniera un hilo invisible, el mismo hilo que recordaba haber sentido desde que tenía uso de razón.

Entró en una sala tenuemente iluminada, con cómodos sofás y muebles delicados, que daba acceso a un porche desde el que se accedía a un jardín rodeado por una valla. En el aire flotaba la melodía de un grupo de jazz.

Magda se acercó a la valla y contempló las magníficas hileras de viñas que se perdían en el horizonte, y pensó que eso era lo que ella quería lograr en Vázquez: devolverlo a los tiempos en que los viñedos estaban cargados de uva madura.

Oyó un ruido a su espalda y, al volverse, vio a Nic en la puerta. Era tan guapo que, por un momento, todo lo demás se desdibujó.

Haciendo un esfuerzo sobrehumano, Magda sonrió.

–¿Pensabas que enseñándome el éxito que has logrado me iría a tomar el primer vuelo con el rabo entre las piernas? –preguntó.

Él se acercó en silencio. Magda habría querido retroceder, pero la valla se lo impedía.

–Debes de encontrar esto muy aburrido después de Londres y de las pistas de esquí de Gstaad. ¿No te estás perdiendo la temporada?

Magda se puso roja, pero sonrió aún más para contrarrestar el vergonzoso recuerdo.

–No sabía que leyeras revistas del corazón, Nic.

Magda seguía recriminándose no haber sospechado de la inesperada llamada de su madre ofreciéndose a pagarle un viaje cuando poco tiempo antes se había negado a ayudarla con su proyecto. En cuanto llegó a Gstaad, se dio cuenta de que la había requerido para que la ayudara a dar la imagen de una buena madre que necesitaba proyectar para seducir a su presente marido, un divorciado pero devoto padre. Magda se había sentida demasiado herida como para discutir con su madre cuando esta le había hecho posar para una revista, como si fueran las mejores amigas.

–Coincidió con un viaje que hice a Europa. Una azafata me dio la revista equivocada, pero al verte en la portada no pude resistirme a leer lo bien que tú y tu madre os llevabais y lo unidas que estabais desde la dolorosa ruptura con tu padre –explicó Nic.

Magda sintió que se le revolvía el estómago. También ella había leído el artículo y le había costado aceptar que estaba tan necesitada de afecto como para dejarse manipular tan abiertamente por su madre. Intentó arrinconar aquel doloroso recuerdo y dijo:

–Has perdido el tiempo, Nic. Lo que he visto hoy solo me ha ayudado en mi determinación de alcanzar el éxito.

Que Nicolás tuviera una opinión tan deplorable de ella le provocaba una indignación motivadora.

–Llevo dos semanas en una casa sin electricidad –continuó–, y ya ves que no he salido huyendo. Ahora, si no te importa, debo irme. Tengo que madrugar.

Se levantó el vestido para marcharse, pero al girar, se le salió un zapato y perdió el equilibrio. Nicolás la sujetó con firmeza. Como siempre que la tocaba, Magda sintió una sacudida eléctrica.

Él la obligó a girarse y, mirándola con expresión consternada, preguntó:

–¿Qué quieres decir con que no tienes electricidad?

A pesar de su considerable altura, que a menudo la había avergonzado, al lado de Nic se sentía menuda, vulnerable.

–Desde que le cortaron la corriente a mi padre por falta de pago, usamos un generador.

Nicolás sacudió la cabeza.

–No sabía que las cosas estuvieran tan mal.

Magda intentó soltarse, pero él la retuvo.

–¡Cómo ibas a saberlo si estabas demasiado ocupado firmando cartas para arrebatar sus únicas posesiones a un moribundo! ¿Sabes que la última llegó el día de su muerte?

Nicolás la miró desconcertado.

–¿De qué estás hablando? Yo no he firmado ninguna carta. La correspondencia entre tu familia y la mía terminó cuando murió mi padre.

–Puedes mentir cuanto quieras, De Rojas. Esta tarde ha sido un error. Viniendo, he traicionado a mi familia, pero no volverá a pasar.

Nicolás la soltó y Magda se sintió ridículamente perdida y desorientada. Su enfado se diluyó al ver una llamarada profunda y primaria en los ojos de Nicolás.

–Pero has venido –dijo él con voz grave–, y hay algo entre nosotros que no puedes negar... Lo hubo en el pasado, y todavía sigue ahí.

Magda se sintió aún más perdida. Sus palabras le hicieron retrotraerse al momento en que él se había plantado ante ella y le había dicho: «No eres más que una encantadora de serpientes. Solo sentía curiosidad por comprobar cómo sabía una princesa Vázquez, y ahora ya lo sé: a veneno».

La amargura y la ira de aquel instante, ocho años atrás, eclipsó cualquier otra emoción. El impacto había sido tan fuerte que Magda no había tenido ninguna otra relación por temor a ser herida.

Tenía que marcharse antes de que Nic supiera

hasta qué punto la turbaba. Cuadrándose de hombros, lo miró fijamente.

–Te seduje en una ocasión, De Rojas. ¿De verdad habías pensado que esta tarde me animaría a intentarlo de nuevo? ¿Ocho años no han bastado para sanar tu maltrecho ego?

Nic se irguió y Magda pudo percibir que palidecía bajo su piel tostada.

–Eres una zorra.

Capítulo 3

MAGDA no sabía cómo había reunido el valor de decir aquellas palabras cuando no había superado ni mucho menos lo ocurrido hacía ocho años. Ignorando el zumbido que sentía en los oídos, añadió:

–No te preocupes, no volverás a verme. He venido para ver qué tramabas. Me has subestimado.

Dio media vuelta, pero tropezó y estuvo a punto de caerse. Al instante, un fuerte brazo le rodeó el torso justo debajo de los senos y ella sintió la adrenalina bombeándole la sangre. Intentó soltarse, pero Nicolás la sujetó con mano de hierro. Cuando fue a gritar, él le tapó la boca con la mano y ella tuvo un ataque de pánico, no por miedo a Nicolás, sino a las sensaciones que despertaba en su cuerpo. Era solo cuestión de segundos que mostrara su debilidad.

Nicolás le hizo girar para mirarla de frente. Magdalena se sintió una marioneta en sus manos, y, presa del terror, se dio cuenta de que por encima de cualquier otra cosa, estaba excitada.

–Suéltame –dijo entre dientes. El pasado se mezclaba con el presente y la dejaba inerme.

Nicolás le dedicó una sonrisa de depredador.

–Si yo te he subestimado, tú a mí mucho más. Tenemos un asunto pendiente y, aunque parezca mentira, no tiene nada que ver con los negocios.

Antes de que Magda pudiera reaccionar, él la estrechó contra su cuerpo y se inclinó para besarla. Desesperada, Magda intentó aferrarse a la realidad y no dejarse invadir por un calor que la inmovilizaba, pero sus esfuerzos fueron en vano.

Estar en brazos de Nicolás era como sentir el calor del sol tras un prolongado y frío invierno. Resultaba imposible resistirse a aquella sensación de bienestar por más que su pensamiento racional le ordenara hacerlo.

Como si sintiera el conflicto en el que se debatía, Nicolás la tomó por la nuca y se la acarició, ladeándole la cabeza para profundizar el beso. Su lengua entreabrió la barrera de sus labios, diluyendo su resistencia. Aun siendo consciente de que debía usar las manos para empujarlo, Magda se limitó a colocarlas en su pecho, sin ejercer ninguna presión. Él dejó escapar un gemido y, envalentonándose, penetró con la lengua en su boca. Bastó aquel íntimo contacto para que Magda dejara de resistirse y se apretara contra él, dejando que sus pechos se aplastaran contra su sólido torso. Podía sentir la firmeza de su erección contra el vientre, y al instante se le humedeció la entrepierna.

El mundo se convirtió en un espacio de sensaciones y desesperado anhelo. Hasta que una brisa fresca la sacudió y abrió los ojos como si volviera de un prolongado trance. Nic la miraba con frialdad. Magda se sentía como de gelatina; tenía los labios hinchados y el cabello, despeinado, le acariciaba los hombros.

–Eres… –dijo sin conseguir dar forma a sus pensamientos.

En un tono tan crudo que acabó sacándola de su ensoñación, Nic dijo:

–¿Qué quieres decir? ¿Quieres que me crea que la pasión te deja sin palabras?

La amargura que reflejaba su rostro dejó a Magdalena desconcertada, y por unos segundos olvidó su sentimiento de humillación.

–Recuerda que ya has usado conmigo ese truco, y no volverás a engañarme –continuó él–. Aun así, no puedes negar que me deseas tanto o más que cuando te tuve en mis brazos, temblorosa, hace ocho años. Puede que me sedujeras por aburrimiento, pero tu reacción no tuvo nada de aburrida. Nunca has sido capaz de enfrentarte a la realidad.

La arrogancia de sus palabras despertó finalmente a Magda que, con un movimiento brusco, se libró de su abrazo y vio que su rostro se ensombrecía.

–No me interesan tus hipótesis o lo que pienses del pasado. Esto… –dijo, indicando con un ademán lo que acababa de suceder– solo demuestra que existe química entre nosotros, y eso es algo completamente arbitrario.

Nic sonrió.

–Si no hubiera parado, podría haberte poseído aquí mismo. He tenido que taparte la boca para acallar tus gritos de placer.

Magda alzó la mano para abofetearlo, pero él la sujetó por la muñeca con expresión despectiva.

–Solo pretendía demostrar que el deseo que sientes por mí es tan poderoso como hace ocho años, aunque entonces dijeras que te repugnaba. Esta noche yo también te he puesto a prueba. Hoy tengo la cama libre. Si quieres, podemos entregarnos a esta «arbitraria química» hasta que entres en razón y me vendas tus tierras.

Magda se soltó y tuvo que dominar el impulso de intentar abofetearlo de nuevo. La versión de Nic de lo que había pasado aquella fatídica noche, era muy distinta a la de ella. Era cierto que para ella lo que había sucedido era abominable, pero por razones muy distintas de las que él creía.

Y no podía decírselo por más que lo odiara, porque si lo hacía le confirmaría que aquella tarde lo había significado todo para ella, que no lo había seducido para divertirse. No podía decirle la verdad porque mentir era su única defensa contra él.

Se irguió con gesto digno.

–Pareces olvidar que tu cama estaba ocupada hace apenas dos semanas. Gracias, pero no acepto la invitación.

Dio media vuelta y se fue.

Contra lo que esperaba, Nic no la detuvo. Solo se dio cuenta de que se había quitado los zapatos al llegar a la entrada principal. Subió al todoterreno en cuanto lo acercó el guardacoches y, cuando las luces de la hacienda se fueron alejando y empequeñeciendo en el espejo retrovisor, pudo, finalmente, respirar.

Había sido una idiota al pensar que Nicolás de Rojas no le recordaría el pasado. Era un hombre muy viril y orgulloso. Sabía que había herido su ego y… Magda se estremeció al recordar la expresión de su rostro aquel día.

Había querido creer que la semana que había transcurrido previa al terrible desenlace se habría nublado en su memoria, que los años rodeado de mujeres hermosas le habrían hecho olvidar sus inocentes encantos.

La forma en que la había besado combinada con el recuerdo de aquellos días la hicieron temblar de tal manera que tuvo que detenerse en el arcén. Apoyó la frente en el volante e intentó vaciar su mente de recuerdos, pero era imposible.

Aquel día había logrado escabullirse y salir a montar. Siempre confiaba en ver a Nic, y encontrarlo a apenas unos metros la había dejado de piedra. La intensidad de su mirada la había asustado, moviéndola a poner el caballo al galope sin saber hacia dónde. Recordaba haber girado la cabeza y ver que la seguía y cómo su ansiedad había alcanzado un nivel casi angustioso. La fricción de la montura entre las piernas había estado a punto de hacerle gritar; tal era su estado de hipersensibilidad. Para cuando llegó al manzanal estaba en tensión, como la cuerda de un arco.

Aquel manzanal era uno de sus lugares favoritos. Nic había llegado y su masculina proximidad la había paralizado. Él la había tocado con delicadeza. Y había hablado con el corazón. Tras años de sentirse aislada, Magda se sintió más cómoda con él que con ninguna otra persona, a pesar de que, en teoría, era el hijo del enemigo de su familia.

El primer día, cuando iba a irse, había sentido que el corazón le pesaba como si fuera de plomo. Hasta que Nic había sugerido encontrarse allí al día siguiente. Y al otro.

La semana había adquirido una naturaleza irreal, de ensueño. Aquellos instantes secretos bajo las ramas de los manzanos eran la única realidad que Magda valoraba. Nic la consumía y poblaba sus sueños de carnalidad. Para el final de la semana, lo deseaba tanto que estuvo a punto de echarse en sus brazos en más de una ocasión.

Finalmente, él la había besado y acariciado. Incluso tantos años después, Magdalena se ruborizaba al recordar cómo se había retorcido en sus manos, anhelando que pasara algo más a lo que ni siquiera podía ponerle nombre.

Y entonces se había producido el cataclismo.

Los sirvientes de sus respectivas familias los habían separado. Era evidente que su ausencia no había pasado desapercibida. Nic la había protegido y ella se había abotonado precipitadamente la blusa mientras los hombres gritaban. Y luego, estos los habían llevado a sus respectivas casas. Magda recordaba haber lanzado una mirada hacia Nic, al que obligaban a subir a su caballo, mientras él protestaba y los insultaba. Ella había llorado al ver que uno de los hombres lo golpeaba; pero para entonces, también a ella la habían subido al caballo y la llevaban en dirección contraria.

Cuando llegó a casa, su madre la esperaba pálida y furiosa.

–¿Es verdad que estabas con Nicolás de Rojas?

Por primera vez en su vida, Magda había sentido el fuego de la rebeldía.

–Sí –dijo, alzando la barbilla.

No había estado preparada para que su madre la

abofeteara. Alzando la mano hacia su caliente mejilla, miró espantada a la mujer que solo la tocaba en público para fingir una ternura entre ellas que no existía en la intimidad. A continuación, su madre había estallado en un llanto histérico, y Magdalena la había acompañado instintivamente al interior, donde le había dado una copa de brandy. Finalmente, su madre la había mirado con una calma temblorosa y, atónita, Magda le había preguntado:

–¿Tan malo es que estuviera con Nicolás? Nos... gustamos.

Su madre le había hecho sentarse a su lado.

–No puedes volver a verlo, Magda. Te lo prohíbo. Piensa en tu padre.

Magda se había levantado, alterada.

–¡No podéis impedir que nos veamos! ¡A nosotros no nos concierne esa estúpida pelea familiar! –exclamó.

Su madre se puso a su vez en pie.

–Magdalena, no puedes desobedecerme.

Algo estalló en el interior de Magda, que llevaba años viviendo con la frustración de un padre volátil, que no había superado la muerte de su hijo, y con el egoísta ensimismamiento de su madre.

–¡No puedes impedir que siga viendo a Nicolás! –gritó.

Se produjo un silencio sepulcral en el que su madre pareció a punto de desmayarse. Sus manos temblaban tan violentamente que Magda le quitó la copa.

–Madre, tu dramatismo no me afecta. Puede que sirva con papá, pero...

–Te voy a explicar por qué no puedes volver a verlo.

Algo en el tono de solemnidad con el que su madre dijo aquellas palabras la hizo enmudecer.

–¿A qué te refieres?

Y cuando su madre habló su mundo se hizo añicos.

–Desde pequeña, estuve enamorada de Sebastián de Rojas –dijo su madre, angustiada–. Como no era de aquí, no tenía ni idea de la enemistad que había entre las dos familias…

–¿Qué tiene que ver con nosotros que estuvieras enamorada del padre de Nicolás? –preguntó Magda con aspereza.

Su madre se sentó, retorciéndose las manos sobre el regazo y esquivando su mirada.

–Yo quería casarme con él, pero su familia le obligó a casarse con la candidata que habían elegido ellos… Pronto nació Nicolás –se le quebró la voz antes de continuar–. Entonces conocí a tu padre. Y en parte me casé con él para estar cerca de Sebastián. Cuando volvimos a vernos nos hicimos amantes –hizo una pausa y sus labios se fruncieron en un gesto de amargura–. Yo sabía que le gustaba acostarse con la mujer de su enemigo, pero que no pondría en riesgo su reputación.

Magda oía la voz de su madre como si estuviera muy lejos.

–Se fue a un viaje por Europa y cuando volvió, yo estaba embarazada de tu hermano, Álvaro. Desde entonces, dejamos de vernos.

La madre de Magda había empezado a llorar, pero esta no sentía ninguna compasión por ella. Le parecía inaudito que se hubiera casado con un hombre al que no amaba para conseguir sus fines.

–Sigo sin entender qué tiene que ver eso con Nicolás y conmigo –Magda fue a marcharse, pero se detuvo al oír que su madre se levantaba.

–Pues tiene que ver mucho con que no podáis veros –dijo. Tras una pausa, continuó–: Sebastián y yo nos vimos en un par de ocasiones. Tras una de ellas, me quedé embarazada… de ti –se puso roja hasta la raíz del cabello–. Pero en aquellos días también me acosté con tu padre. El caso es que no estoy segura de que Sebastián no sea tu padre.

Magda la miró en silencio. Las palabras habían chocado contra una muralla invisible y no estaba segura de haber entendido correctamente. Su madre pareció notarlo.

–No puedes ver a Nicolás de Rojas porque podría ser tu hermanastro –dijo brutalmente.

La copa se le cayó de la mano, pero Magda siguió sin reaccionar, hasta que el rugido de ira que oyó a su espalda la sacudió. Su padre estaba en la puerta, tan furioso que parecía a punto de que le diera una apoplejía. Tenía los ojos desorbitados.

–¡Lo sabía! –gritó–. Siempre supe que había algo entre vosotros. ¿También Álvaro era hijo de ese bastardo?

El recuerdo de lo que siguió era una nebulosa para Magda. Hubo muchos gritos y lloros, y su padre la llevó a su dormitorio y la encerró. Al día siguiente, tras una noche en vela, ella había escapado por la ventana y había tomado un caballo. Instintivamente, se había dirigido al manzanal y había desmontado sin darse cuenta de que no estaba sola. Nic salió de detrás de unos árboles con expresión tensa.

Magda sintió un nudo en el estómago. Lo que hasta el día anterior había sido un sentimiento puro y libre, se había enturbiado y teñido de suciedad.

–¿Qué haces aquí?

–Quería saber si volverías –dijo Nic con una sonrisa crispada.

Con el corazón pesado por lo que sabía, ella masculló:

–He venido a estar sola. No quería verte –al ver la cara de dolor de Nic y para evitar que hablara, añadió precipitadamente–: Márchate. Ya.

Él se acercó y la tomó por los brazos.

–No me creo que vayas a dejar que te intimiden.

Magda se sacudió sus manos de encima. Sentía la histeria ascender por su garganta mezclada con bilis.

–¡Quítame las manos de encima! ¡No soporto que me toques! –se alejó de él unos pasos y se agachó para vomitar. Al incorporarse temblaba violentamente. Nic la miraba, pálido–. Vete. No quiero volver a verte.

–Ayer no tuve esa impresión.

–Eso fue ayer –dijo ella, sintiendo náuseas de nuevo.

Nicolás no se movía y ella sintió una creciente desesperación. No podía mirarlo sabiendo lo que sentía por él y que fuera pecado. Sintió un calambre en el estómago y dijo lo primero que se le pasó por la cabeza:

–Estaba aburrida, ¿vale? Quería seducirte porque representabas lo prohibido. Y lo he pasado muy bien.

Magda levantó la cabeza del volante del todoterreno. Los faros de un coche que pasó en sentido contrario la cegaron por un instante. Sentía la cabeza pesada por la acumulación de recuerdos. Se obligó a apartarlos de su mente. No quería recordar la siguiente escena, cuando Nic adoptó una frialdad glacial y le dijo que sabía a veneno. Se había acercado a ella con gesto amenazador y había dicho:

–Solía pensar que la enemistad entre nuestras familias era irrelevante. Pero ahora sé que estaba equivocado.

Después, se fue, y Magda se dejó caer al suelo y lloró hasta quedarse dormida, exhausta.

Al volver a casa había encontrado sus maletas hechas y a su padre esperándola con su madre junto al coche. Las había llevado al aeropuerto en un sepulcral silencio, y al dejarlas había dicho:

–Ya no sois ni mi esposa ni mi hija.

Magda y su madre habían volado a Buenos Aires.

Cuando llegaron a casa de su tía, en las afueras de la ciudad, Magda le había dicho a su madre:

–Creo que lo menos que me merezco es saber quién es mi verdadero padre.

Su madre había accedido a regañadientes, pero una de las condiciones para conseguir una prueba de ADN de su futuro exmarido fue que su madre tuviera que renunciar a un generoso acuerdo de divorcio, algo por lo que nunca la había perdonado.

Un mes después, Magda tenía los resultados y descubría que no tenía ningún vínculo de sangre con Nicolás de Rojas. Descubrirlo no le produjo ningún consuelo, pues sabía que se llevaría las sórdidas revelaciones de su madre a la tumba; y más después de que Nicolás le hubiera dejado claro que solo lo movía el deseo. Cada vez que pensaba en cómo se había dejado engañar creyendo que compartía con ella lo más auténtico de su ser, cuando en realidad solo la estaba manipulando, todavía sentía una mortificadora vergüenza.

Magda puso el todoterreno en marcha y reanudó la vuelta a casa. Había escrito a su padre contándole los resultados de la prueba, pero él, como si ella tuviera que purgar los pecados de su madre, no la había perdonado. Hasta que, en su lecho de muerte, la había hecho llamar. Magda había tenido que prometerle que olvidaría a Nicolás de Rojas y que se centraría en salvar las Bodegas Vázquez.

–Anoche te dejaste esto, Cenicienta.

Magda se tensó al oír la familiar voz y alzó la mirada desde la viña que estaba inspeccionando. Había dormido tan mal y había tenido tantas pesadillas que por un momento pensó que aquella era una más. Pero cuando ni los zapatos ni la figura desaparecieron, dedujo que era real.

Se puso en pie y tomó los zapatos.

–No deberías haberte molestado.

Se sentía polvorienta. Llevaba unos vaqueros gastados, una camiseta y botas de montar. Afortunadamente, el sombrero de gaucho la protegía del sol y de los ojos azules de Nicolás.

–Me intriga saber por qué llevas vestidos y zapatos de una talla más grande que la tuya.

Magda lo miró desafiante, aunque ni siquiera le sorprendió que supiera qué número de zapatos calzaba. Sin pensárselo, masculló:

–Son de mi madre.

Él enarcó una ceja.

–¿Han perdido tu equipaje?

Magda se alejó de él para librarse del magnetismo de su mirada.

–Sí, las veinticuatro maletas de diseño que poseo –dijo con sarcasmo. Entonces se dio cuenta de que Nicolás estaba comprobando en persona el patético estado de su cosecha. Volviéndose airada, le espetó–: ¿Cómo has entrado? Esto es propiedad privada.

Él chasqueó la lengua y se cruzó de brazos.

–¡Qué falta de amabilidad! Y eso que yo hice un esfuerzo sobrehumano para mostrarme cortés anoche… Estamos haciendo historia, Magda: es la primera vez que un miembro de nuestras familias entra en la propiedad de la del otro –declaró, y añadió con gesto amargo–: Aparte del sórdido affaire entre tu madre y mi padre, claro; y nuestro… insatisfactorio desliz.

Magda sintió náuseas y esquivó su mirada.

–De eso hace mucho tiempo –dijo, alzando la mirada, desafiante.

Pero el rostro de Nic se había ensombrecido y Magda sintió un escalofrío.

–Eres un enigma, Magdalena Vázquez. Me cuesta imaginarte como una chica estudiosa.

Magda se quedó muda hasta que recordó la conversación que había tenido con Eduardo.

–¿Exiges a tus empleados que te resuman sus conversaciones? –preguntó con amargura–. ¿O tienes micrófonos en la casa?

Nicolás la miró con incredulidad.

–¿De verdad quieres que crea que has hecho un curso de Enología y Viticultura en medio de tu frenética vida social?

Enfurecida, Magda lo miró con ojos centelleantes.

–Tu frenética vida social no impidió que fueras el más joven Maestro de Vinos del mundo.

Los ojos de él brillaron en respuesta.

–Así que ¿me has seguido la pista, Magda?

Ella se ruborizó y miró en otra dirección, antes de que el orgullo la obligara a mirarlo de nuevo. No se dejaría amedrentar.

–Es verdad. Me gradué el año pasado con notas excelentes. Puedes consultar los informes de la Universidad de Burdeos si no me crees.

–¿Quién te sufragó los estudios? ¿Un amante generoso? ¿O conseguiste las buenas notas usando tus dotes de seducción?

Capítulo 4

MAGDA tembló de rabia.

–Así es, Nic. Seduje a mis profesores. Así de buena soy en la cama y así de corruptos son ellos.

Nic enrojeció. Nunca era tan desagradable con las mujeres, pero Magda sacaba lo peor de él. Que se hubiera graduado en la Universidad de Burdeos hacía que se cuestionara la opinión que tenía de ella.

–¿Fue a lo que dedicaste tu dinero? –preguntó, incómodo.

Magda pareció no querer contestar, pero finalmente, dijo:

–El dueño de un viñedo en el que estaba trabajando, me pagó los estudios –tras una pausa, alzó la barbilla y añadió–: Y antes de que lo preguntes, no me acosté con él, sino que dirigía un programa de becas en colaboración con la universidad para la formación de sus empleados.

–¡Qué suerte tuviste! –dijo él, tan distraído por lo que veía que apenas escuchaba.

El pecho de Magda se pegaba a la camiseta con su agitada respiración; la camiseta se le había subido, dejando ver un poco de su vientre, y varios mechones se escapaban de una floja trenza en la que se recogía el cabello y se le pegaban a las sudorosas mejillas. Nunca había visto a una mujer tan hermosa.

Sintió una punzada de dolor en el pecho al recordar cómo un beso había bastado para que ella le entregara su voluntad y él perdiera la suya. Había tenido que hacer un esfuerzo sobrehumano para no echársela al hombro y llevarla a su dormitorio como si fuera un hombre de las cavernas.

Y aunque le había causado una placentera satisfacción comprobar que Magda lo deseaba, no había llegado a ser plena, pues solo había servido para que supiera que quería más, que quería llegar a conocerla íntimamente y terminar lo que había empezado ocho años atrás.

Magda no comprendía por qué la miraba con aquella expresión asesina. Pero aún le gustaba menos que pareciera tan cómodo en su territorio. Se cruzó de brazos.

–Quiero que te vayas ahora mismo. No eres bienvenido.

Él la miró con los ojos entrecerrados, como si acabara de recordar algo.

–Enséñame las cartas que dices que yo firmé –replicó bruscamente.

Magda se quedó desconcertada, pero se dio cuenta de que no tenía nada que perder si con ello conseguía que Nic se fuera.

–Muy bien –dijo–. Están en casa.

Caminó hacia el exterior de las viñas, y él la siguió. Magda observó que Hernán la seguía con la mirada, y le hizo una señal para indicarle que todo iba bien. Llegaron hasta el impecable todoterreno de Nic, que había aparcado al lado del suyo. Él abrió la puerta del acompañante y, tras unos segundos de titubeo, Magda se quitó el sombrero y subió.

Mientras maniobraba, Nic comentó:

–Tu todoterreno está hecho un asco. Puede ser una trampa mortal.

–Supongo que te alegra –dijo ella.

–Quiero que te vayas, no que te mueras, Magda –dijo él, mirándola con severidad. Tras cambiar de marcha, preguntó–: ¿Cuánto tiempo pasaste en Francia?

Magda dudó en contestar porque no quería darle información personal.

–Fui allí con veintiún años, después de pasar un año en Inglaterra.

Nic hizo una mueca de desagrado.

–Debió de ser entonces cuando te vi en el club.

Magda se estremeció al recordar la mirada de desprecio que le había dirigido Nic antes de dar media vuelta y marcharse, seguido por un enjambre de bellezas. Ansiaba decirle que solo estaba allí porque se había encontrado con unos amigos que habían insistido en que les acompañara a celebrar el cumpleaños de uno de ellos. Incluso le habían tenido que dejar la ropa, y por eso llevaba un vestido de lamé, tan ceñido que dejaba poco espacio a la imaginación.

Pero en lugar de justificarse, se limitó a decir:

–Sí –y miró por la ventanilla. Nic la miró de soslayo y tuvo la intuición de que se guardaba algo.

Era evidente que debía de haberlo pasado en grande

en Londres antes de ir a Francia a trabajar en el viñedo, en una decisión que quizá había tomado al quedarse sin dinero.

Nic empezaba a pensar que tal vez había subestimado su ambición; y recordó la melancolía con la que le había dicho en el pasado que siempre había querido trabajar en la bodega. Igual que el resto de lo que le había dicho entonces, lo había considerado parte de la farsa, pero si había estudiado Enología y Viticultura, debía de estar más comprometida con el proyecto de lo que él había calculado.

Llegaron a la casa, que aunque estaba casi en ruinas, conservaba parte de su antiguo esplendor. Comprobar el grado en el que sus fortunas habían recorrido un camino opuesto le produjo menos satisfacción de lo que habría esperado.

Magda bajó y él la siguió al interior.

–María, ¿puedes traernos café, por favor?

María se marchó con diligencia, como si esa fuera su actividad habitual, y Magda le dio las gracias mentalmente por contribuir a que Nic creyera que mantenían cierto grado de normalidad.

Al llegar al estudio de su padre, fue directa al escritorio y le pasó las cartas en silencio. María entró con el café y, mientras Magda lo servía, Nic las estudió. Ella esperó a ver cómo reaccionaba y aunque inicialmente las observó con indiferencia, se le dilataron las aletas de la nariz y su rostro fue adquiriendo un gesto de ira. Finalmente, miró a Magda y dijo:

–Esta no es mi firma.

Ella frunció el ceño.

–Tu nombre aparece debajo.

–Lo sé –dijo él con gravedad–. Pero no es mi firma –añadió. Y tras tomar un papel y un bolígrafo firmó y se lo pasó–: Soy zurdo y tengo una firma muy particular.

Magda la miró. Era muy distinta a la de las cartas. Nic no mentía.

–Entonces, ¿quién las mandó?

–Las primeras son de mi padre y de su abogado. A partir de la muerte de mi padre, alguien falsificó mi firma. Sospecho quién, pero prefiero confirmarlo.

Magda asintió. Y Nic, tras tomarse el café de un trago, dijo:

–Ya te he quitado demasiado tiempo.

Magda se recriminó por sentirse más desilusionada que aliviada, y por la vulnerabilidad que le causaba saber que no era él el autor de las cartas. Lo acompañó a la puerta.

–¿Eso quiere decir que ya no vas a presionarme para que venda la tierra? –preguntó, aun sabiendo la respuesta.

Nic la miró con una falsa sonrisa.

–No ha cambiado nada, Magda. Sigo queriendo que te vayas y acabar con las Bodegas Vázquez. Pero conozco formas de persuadirte mucho más placenteras.

Magda se maldijo por ser tan crédula y por el cosquilleo que sintió cuando él habló de placer.

–Ya te lo he dicho antes, De Rojas; no pienso moverme de aquí.

Nic sacudió la cabeza.

–Deberías enfrentarte a los hechos, Magda. Necesitas capital para hacer este viñedo lucrativo, y aun entonces harán falta años para devolver su excelencia a los vinos. Tu título no te va a servir de nada con una tierra estéril. Y ni siquiera tienes electricidad.

Magda le dedicó una sonrisa luminosa, arrepintiéndose de haberle dado esa información.

–Te equivocas. He conseguido ingresar dinero en la cuenta. Y ahora, si no te importa, preferiría perderte de vista.

Magda cerró la puerta con alivio y suspiró profundamente al oír arrancar el todoterreno. Se apoyó en la puerta y sopló para retirarse un mechón de la frente.

María salió de la cocina y fue hacia ella.

–Necesitamos más gasoil. El generador se ha parado.

Magda se habría echado a reír de no haber temido acabar llorando. A Nic le había dicho una inocente mentira para hacerle creer que las cosas no iban tan mal. Pero la realidad era que estaban aún peor de lo que él creía. Necesitaba una enorme inyección de capital. Pero no podía contar con Nic para eso. Se estremeció al pensar en los métodos que él había insinuado. Estaba segura de que, con ello, solo pretendía vengarse de ella y de su madre.

Nic apretó con fuerza el volante y tuvo que hacer un esfuerzo para relajarse. Sabía que Magda mentía respecto a la electricidad y le irritaba estar acorralándola de tal manera que se sintiera obligada a fingir.

Golpeó el volante con una mano. Solo al marcharse se había dado cuenta de que la verdadera razón de haber roto la prohibición de entrar en la propiedad Vázquez era ver a Magda.

Esa necesidad había convertido en imprescindible devolverle los zapatos y había hecho que el encuentro adoptara la forma de un tercer grado.

En cuanto la había visto, había sentido un violento deseo y había recordado su aroma y su sabor, tal y como lo había conocido años atrás. Ni siquiera se había acostado con ella, y sin embargo, estaba seguro de que la habría identificado a ciegas entre una multitud de mujeres.

Se maldijo y la maldijo al pensar en su cabezonería, que le recordaba a sí mismo: una inamovible determinación de resistir y triunfar.

De pequeño, él había sido un niño débil y enfermizo, y aunque con los años se había vuelto fuerte y saludable, su padre nunca había llegado a creer en él. Ni siquiera, recordó Nic con amargura, tras conseguir la increíble hazaña de ser nombrado Maestro de Vinos a los veintiocho años cuando las probabilidades de conseguirlo a la primera eran de un siete por cien.

Nic sabía que su fragilidad inicial era la causa de que su madre hubiera sido siempre excesivamente protectora, pero desde que tuvo uso de razón, fue consciente de que debía superar sus alergias y su debilidad congénita. Y poco a poco, lo había conseguido gracias a su determinación y a la obsesión de conseguir que su padre dejara de considerarlo una desilusión.

Para cuando cumplió doce años era más alto y fuerte que sus compañeros de clase, y el asma había desaparecido. El médico que atendía a su familia había llegado a decir con asombro: «Nunca había visto nada igual».

Nic sabía que no era un milagro, pero Magda era la única persona a la que le había contado cuánto había luchado para conseguirlo. Todavía le dolía el corazón al recordar sus ojos verdes abriéndose con compasiva comprensión.

Volvió a apretar el volante con rabia al pensar lo crédulo que había sido. Su propia desesperación le había hecho imaginar que había un vínculo entre ellos. Y ya nunca se había sentido cercano a ninguna mujer.

Cuando le decía a Magda que quería perderla de vista, sabía que era más por sí mismo que por la rivalidad entre sus familias. Temía la obsesión que despertaba en él. La deseaba con una intensidad tan violenta y tenía que hacer tal esfuerzo para controlarse que temía volverse loco. Y sin embargo, intuía que la única manera de recuperar la cordura sería tenerla echada, bajo su cuerpo, suplicando que la poseyera.

Llegó a casa de malhumor y decidió aprovecharlo para despedir a su abogado. Pensar en lo que había hecho lo sacaba de sus casillas, y prefería actuar cuanto antes.

Dos días más tarde, Magda volvía a casa con la compra para Hernán, María y ella. Estaba angustiada. Apenas tenían dinero para la comida y no quedaba gasoil. Por un instante, pensó en lo fácil que sería darse por vencida, llamar a Nic y decirle que había ganado.

Miró en la distancia y al ver el perfil de la hacienda se le hizo un nudo en la garganta. Aunque su padre nunca le hubiera dejado participar en el trabajo, ella siempre había adorado el proceso de convertir la uva en vino.

En ningún otro lugar del mundo se sentía tan identificada con su entorno. Las colinas nevadas de los Andes en el horizonte era una imagen que había llevado siempre grabada en la mente. Y después de haber conseguido volver, no iba a permitir que Nic la echara porque quería expandir su imperio.

Sin embargo, acababa de visitar el banco en Villarosa, donde el director le había negado un préstamo. Tampoco los otros propietarios de la zona con los que había contactado habían mostrado el menor deseo de invertir en el viñedo. Al menos uno de ellos había sido lo bastante sincero como para admitir que no podían arriesgarse a enfrentarse a De Rojas.

Así que cuando llegó a casa y lo vio apoyado en su resplandeciente todoterreno, le hirvió la sangre. Bajó del suyo y sujetó las bolsas contra el pecho como si fueran un escudo. Cuando Nic hizo ademán de ayudarla, ella las apretó con fuerza.

–Te he dicho que no eres bienvenido.

Nic tuvo el descaro de sonreír.

–¿Siempre estás tan irascible por la tarde? Intentaré recordarlo para verte solo por las mañanas.

Magda percibió que la seguía al interior. Dejó las bolsas en la mesa más próxima y se volvió con los brazos en jarras.

–He dicho que no eres bienvenido. De hecho, he oído tu nombre tantas veces esta última semana que estoy harta de ti. Vete, por favor.

Habría querido empujarlo, pero tenía miedo de tocarlo. Ni siquiera necesitaba establecer contacto físico para sentir al instante el deseo de saborearlo, de embriagarse con su aroma.

Estaba vestido elegantemente, con pantalón negro y camisa blanca. También ella se había puesto un modelo conservador para ir al banco.

Como si le hubiera leído el pensamiento, él deslizó la mirada por su falda de tubo y su blusa antes de volverla al rostro y al moño en el que se había recogido el cabello.

–Me gusta este aspecto de… oficinista –comentó con sorna. Antes de que Magda pudiera replicar, añadió–: Sé que has estado buscando financiación y por el malhumor que tienes, deduzco que has fracasado.

Magda tuvo que reprimir el impulso de maldecir.

–Parece ser que la comunidad vinícola teme ofender a su miembro más exitoso. ¿Qué se siente al ser el cacique de la provincia, Nic? ¿Te hace sentir poderoso saber que la gente te teme? Supongo que así evitas tener competencia. Y que es fácil tener éxito en el vacío.

–Tu padre podría contártelo con todo detalle si siguiera vivo –dijo él, airado–. Tu familia fue la primera en aplastar la competencia local. Si te hubieras documentado, sabrías que desde que tu viñedo perdió fuerza, han surgido más cultivadores locales, y que he invertido en varios de ellos.

Magda se ruborizó. Nic volvía a decir y hacer algo que no esperaba. Él continuó con superioridad.

–He venido a decirte que fue el abogado de mi padre el que envió las cartas porque se lo prometió a mi padre antes de su muerte. Sospecho que además siempre estuvo enamorado de mi madre y que cuando ella se suicidó, decidió vengarse de tu padre por haberle hablado de la relación entre tu madre y mi padre.

Magda se sentó en una silla, abatida, y dijo:

–Gracias por contármelo.

–También he pagado tu factura de la luz.

Magda se puso en pie de un salto.

–¡Quién te ha dado permiso para hacerlo! No te necesito.

Él presionó un interruptor y se encendió la luz. Luego dijo:

–No podía permitir que tuvierais un accidente.

Magda se sintió impotente. No le faltaba razón. Hernán se había tropezado unos días antes en la oscuridad, y no podía arriesgarse a perderlo.

–Ya te dije que quería que te fueras, no que te mueras –dijo él con sorna–. ¿Tanto te cuesta dar las gracias?

–¿Qué quieres de mí? –preguntó ella, suspicaz.

Él se aproximó y Magda disimuló el temblor que la recorría.

–Que cenes conmigo, en mi casa.

Magda habría querido salir huyendo pero, tomando aire, dijo:

–Está bien.

Tras unos segundos en los que el aire pareció vibrar y cargarse de electricidad, Nic dio media vuelta y se marchó. Magda se dejó caer en una silla. Nic acababa de hacer un acto de extrema generosidad, pero al instante la invitaba a cenar para confundirla y demostrarle que la afectaba a muchos más niveles que el profesional.

María llegó entusiasmada desde la cocina y la abrazó emocionada.

–¡Niña, tenemos luz! Sabía que todo iría bien…

Magda no fue capaz de decirle que la espada de Damocles seguía pendiendo sobre ellos.

–Buenas tardes, señorita Vázquez. Adelante.

Magda siguió a Gerardo, que la llevó a un salón y tras conducirla hasta el mueble bar, dijo:

–El señor De Rojas se reunirá con usted enseguida. Está hablando por teléfono. ¿Desea beber algo?

–Agua con gas, por favor –dijo. No tenía la menor intención de perder el control aquella noche.

Gerardo le sirvió la bebida y, tras excusarse, se retiró. Magda fue hasta una pared cubierta de fotografías familiares y las inspeccionó con curiosidad.

–Perdona que te haya hecho esperar.

Magda se volvió y vio a Nic en la puerta. Llevaba una camisa azul celeste que resaltaba sus ojos.

–No pasa nada. Apenas te has retrasado –dijo, haciendo acopio de una seguridad que estaba lejos de sentir.

Nic se acercó a ella y, señalando las fotografías con la barbilla, explicó:

–Se remontan al siglo XIX, cuando mis antepasados dejaron España para venir aquí.

Magda sonrió.

–Nosotros tenemos una pared parecida. Es curioso que también mis antepasados tengan un aspecto fiero.

–Eran tiempos muy duros. Había que luchar para sobrevivir.

Magda lo miró de reojo y recordó la ocasión en la que él le había revelado cuánto había tenido que luchar para superar su fragilidad física. En el presente era tan masculino y fuerte que costaba creerlo. Nic le indicó con la mano que lo siguiera.

–Vayamos al comedor.

Nic le separó la silla educadamente y la ayudó a sentarse antes de ocupar el lado opuesto. Se trataba de una mesa íntima y pequeña, iluminada con velas.

–¿Quieres un vino de aperitivo? –ofreció él.

Magda asintió. Tenía curiosidad por ver qué le ofrecía un Maestro de Vinos, de los que solo había unos cien en todo el mundo.

Él le sirvió una copa de una botella cuya etiqueta Magda no pudo ver. Lo hizo girar en la copa y aspiró su aroma. En cuanto este llegó a su nariz, palideció. Nic la observaba atentamente.

En lugar de probar el vino, Magda lo dejó en la mesa con mano temblorosa y dijo:

–¿Se trata de una broma?

Capítulo 5

NIC fingió una total inocencia.

–¿A qué te refieres?

–¿Por qué me has servido un vino de mis bodegas? ¿Creías que no lo reconocería? –preguntó Magda, poniéndose en pie indignada.

Nic la sujetó por la muñeca.

–Siéntate, por favor. Admito que sentía curiosidad por comprobarlo.

Magda liberó su muñeca, pero no se sentó.

–Por supuesto que lo reconozco. Crecí viendo madurar esa uva –dijo con pasión. Y se sentó bruscamente.

–No pretendía molestarte –dijo él, frunciendo el ceño.

–No, solo querías ponerme a prueba para ver si había conseguido mi título acostándome con mis profesores.

Nic enrojeció.

–Te equivocas. Estoy seguro de que lo conseguiste por méritos propios.

Magda parpadeó para controlar las lágrimas que amenazaban con derramarse por culpa de una mezcla de pena por su padre y la presión a la que Nic la sometía al evocar con tanta facilidad la pasión del pasado. Dominándose, tomó un sorbo. Cerró los ojos y dejó el líquido reposar en su boca antes de dejarlo descender por su garganta. Entonces abrió los ojos y con un brillo refulgente, miró a Nic.

–Si no me equivoco, se trata de un vino de la cosecha del noventa y nueve. Ganó el premio mundial de los vinos blancos.

Nic la miró fijamente.

–Así es. Mi padre compró una caja de todos los vinos Vázquez para analizarlos. Igual que el tuyo hacía con los nuestros.

Magda asintió. La situación había recuperado cierto equilibrio. Desvió la mirada y luego la volvió a Nic.

–Lo siento, me has tomado desprevenida. Ese era uno de mis vinos favoritos –apartó la servilleta–. Siempre que lo he tomado fuera me produce melancolía porque me recuerda a casa.

Miró hacia otro lado de nuevo al sentir la intensidad de la mirada de Nic.

–Solía servirlo en los bares en que trabajé –continuó–, y aprovechaba para olerlo y preguntarme si mantenía la calidad, si habría sido un buen año.

Nic observó las sombras que la luz de las velas proyectaba en su rostro. Sus pómulos parecían más altos, sus labios más llenos; el top de seda gris que llevaba dejaba al descubierto sus clavículas y su pecho se movía al ritmo de su respiración con una sensualidad que lo desbordaba. Su belleza natural y su primaria sensualidad lo obnubilaban, y de pronto sintió que perdía terreno, que la seguridad que había sentido hasta entonces lo abandonaba.

Magda hablaba de los vinos de la misma manera que él los sentía. Para él, cada uno tenía su propia y compleja personalidad.

Magda fue a dar otro sorbo cuando la expresión con la que Nic la miraba la paralizó.

–¿Qué pasa?

Nic sacudió la cabeza y se puso rojo.

–Nada. No debería haberte puesto a prueba –dijo, frunciendo los labios–. Sacas lo peor que hay en mí.

Magda ignoró el hormigueo que sintió.

–Supongo que puedo considerarlo un cumplido.

Él alzó la copa.

–¡Salud! –dijo. Y bebió.

Magda se sintió aliviada al ver que llevaban el primer plato. Comieron en silencio mientras ella se amonestaba por haber reaccionado tan emocionalmente y por haberse puesto tan poética al hablar de los vinos.

Cuando llegó el segundo plato, concentró toda su atención en la carne y en saborear cada bocado.

Para su sorpresa, lograron mantener una conversación civilizada sobre temas neutrales, y cuando Nic le pasó una copa de vino tinto, la tomó sin tan siquiera ser consciente de hasta qué punto se había relajado.

–Prueba esto –dijo Nic–. Es una nueva mezcla en la que estoy trabajando. Todavía no lo he comercializado.

Magda dejó el tenedor.

–¿Seguro que quieres compartir secretos con el enemigo?

Nic sonrió.

–Después de ver tu viñedo, no creo que seas una amenaza inmediata.

Magda se sonrojó y dio un sorbo sin apartar la mirada de Nic, hasta que cerró los ojos para concentrarse en identificar los distintos componentes.

Cuando los abrió, Nic la estaba observando.

–Es un clásico *malbec* –dijo ella–, pero no se parece a ningún otro vino que haya probado antes. Tiene algo especial.

Nic ladeó la cabeza.

–Muy perspicaz.

–Me gusta –admitió Magda a regañadientes–. ¿Qué tiene? ¿*Pinot*?

–Ahora entiendo que sacaras tan buenas notas –dijo Nic, sonriendo.

Magda sintió una absurda oleada de felicidad. En ese momento se llevaron los platos.

Nic se puso en pie e indicó a Magda que lo precediera al patio. Allí había una mesa preparada, también con velas que bailaban en la brisa nocturna. Magda habría querido marcharse, pero no quería dar a Nic la satisfacción de saber que la perturbaba. El empleado volvió con unas tartaletas de limón y Nic abrió una botella de vino dulce.

–No hace falta que te tomes tantas molestias. No te va a servir de nada –dijo Magda para contrarrestar la sensación de estar dejándose embaucar.

Nic sonrió.

–No lo hago con ningún objetivo oculto. Ya has demostrado que puedes vivir sin confort, Magda. Te había infravalorado.

–Eso es verdad, Nic –dijo ella en tensión–. Crees que he pasado el tiempo entre pistas de esquí y fiestas, pero no tienes ni idea de lo que ha sido mi vida desde que me marché.

–¿Por qué no me lo cuentas? –preguntó él con cautela.

Magda habría querido negarse, pero pudo más el deseo de que tuviera una mejor opinión de ella.

–Cuando nos fuimos de aquí, mi padre nos dejó sin nada –apretó los labios–. Pasamos tres años en Buenos Aires, en casa de una tía, hasta que nos echó. Para entonces, mi madre tenía un pretendiente rico y me dio un billete de ida a Londres para quitarme de en medio.

Magda no quería explicarle por qué su madre la culpaba de haberse quedado sin nada tras el divorcio. Con la mirada fija en la oscuridad, continuó:

–Allí encontré trabajo en un hotel de día y de camarera por las noches. La noche que me viste en el club fue pura coincidencia –Magda se ruborizó al recordar la imagen que debía de dar con aquel provocativo vestido. Continuó–: Cuando reuní suficiente dinero, fui a Francia para recolectar uva en verano. Terminé en un viñedo de Burdeos, donde Pierre Vacheron me acogió.

Lanzó una breve mirada a Nic.

–Se enteró de que sabía algo de vino y decidió darme una beca. Probablemente seguiría allí de no haber recibido una carta de mi padre pidiéndome que volviera; Pierre me ofreció un trabajo.

Nic la miró imperturbable.

–La revista contaba una historia muy distinta.

Magda decidió que, ya que le había contado todo lo demás, también podía explicarle aquel viaje. Cuando acabó, dejó el tenedor sobre el plato, se dijo que no debía confundir la amabilidad de Nic con un sentimiento sincero. Solo pretendía desestabilizarla, y ella se lo estaba facilitando.

–Con todo esto quiero demostrarte que no me dejaré tentar con facilidad por las comodidades que proporciona el dinero.

–No subestimes mi determinación –dijo él, que sentía emociones confusas.

–Así que estamos donde empezamos.

–Efectivamente. Y todavía no hemos terminado –dijo él. Y tomándola por sorpresa, le hizo levantarse y la besó con una incendiaria pasión.

En lugar de defenderse, Magda apoyó las manos en sus firmes bíceps y se arqueó contra su cuerpo. Se besaron y mordisquearon hasta que Magda notó el sabor de la sangre; sus lenguas ejecutaron una danza frenética. Y Magda supo que daría cualquier cosa por prolongar aquel beso.

Pero Nic lo detuvo bruscamente y la empujó con ambas manos.

–Vete de aquí, Magda.

Ella lo miró desconcertada y jadeante. Vio sangre en el labio de Nic y supo que era ella quien lo había mordido. Necesitando recuperar cierto control, dijo:

–Encantada. No pienso prostituirme para conservar el viñedo, Nic.

Nic se quedó sumido en una nebulosa de frustración sexual. En parte no comprendía cómo había dejado ir a Magda, pero al recordar la pasión con la que ella le había devuelto el beso, mezclada con las emociones que había despertado en él al hablarle de sus últimos años, se había sentido demasiado vulnerable como para seguir adelante.

Caminó hasta la valla que circundaba la casa, se asió a ella y respiró profundamente. Besar a Magda le había hecho recordar vívidamente la inocencia con la que él se había dejado seducir en el pasado. Incluso recordaba cómo, al tocarla, le había hecho sentir náuseas y había vomitado: tal era el grado de repugnancia que le causaba.

Aquel día, algo muy profundo e íntimo se había roto en su interior, transformándolo en alguien más duro e impenetrable. Ninguna mujer había roto su muralla de escepticismo, y sin embargo, Magda, con dos besos, había logrado resquebrajarla. Había creído que podía hacerlo y permanecer inmune, pero probar su boca de nuevo había demostrado ser peligroso y lo devolvía a un lugar en el que temía perder la cordura.

Apretó los dientes con determinación. La única manera de superarlo sería poseerla. Pero solo en los términos que él decidiera. La obligaría a ser sincera consigo misma y con él. No habría ni dramas, ni arrepentimientos, ni recriminaciones. Solo la satisfacción del deseo y el cierre de una etapa que había quedado inconclusa.

Un par de días más tarde, Magda recibió una invitación a nombre de su padre para acudir al baile de gala anual de la Asociación de Viticultores de Sudamérica, que aquel año se celebraba en Buenos Aires.

Magda suspiró. Podía ser una oportunidad excepcional para hacer contactos, pero no podía costearse el vuelo.

En ese momento sonó el teléfono.

–¿Sí?

–¿Has recibido la invitación? –preguntó una voz familiar que la hizo tensarse al instante.

–¿Qué invitación?

–¡Qué mal finges, Magda! Seguro que la estás mirando y que sueñas con encontrar en el baile a un inversor.

Magda hizo una mueca al teléfono antes de contestar.

–¡Ah, te refieres a esa! Sí la he recibido, ¿por qué?

–Porque voy en avión privado y pensaba que podías venir conmigo.

Magda se quedó boquiabierta, pero reaccionó al instante.

–No, gracias –dijo con fingida dulzura–. Ya he hecho mis planes. Nos veremos allí.

Oyó que Nic mascullaba algo sobre «cabezonería» antes de colgar. El corazón le latía con fuerza. Ya no tenía más remedio que ir si no quería que Nic se aprovechara de su debilidad.

Magda llegó a Buenos Aires agotada tras un viaje de dos días en autocar y, cargando la bolsa al hombro, se dirigió a uno de los hoteles más baratos de la ciudad, próximo al hotel Grand Palace, donde se celebraba el baile.

Para cuando llegó a su dormitorio y se miró al espejo, pensó con desaliento que tendría que hacer un gran trabajo si quería proyectar una imagen de bodeguera de éxito.

Varias horas más tarde, con el estómago encogido, entró en el salón. Había conseguido adaptar otro de los vestidos de su madre. Era de un verde brillante, de corte discreto, con escote cerrado y manga larga. Pero cuando caminaba, un corte vertical dejaba a la vista una de sus piernas. Había usado su tarjeta de crédito para comprarse unos zapatos baratos, pero de aspecto aceptable, y para ir a la peluquería, donde le habían dejado el cabello lustroso, que le caía en cascada sobre los hombros. Al comprobar lo elegante que iba todo el mundo, se alegró de haberse arreglado tanto y confió en que no se notara que sus pendientes de esmeraldas eran pura bisutería.

Entonces vio a Nic al otro lado de la sala e, instintivamente, asió con fuerza el bolso que sujetaba contra el pecho como un escudo. Odiaba la manera en que algo vibraba en su interior en cuanto lo veía, pero, afortunadamente, él estaba ocupado atendiendo a una mujer a la que sonreía con complicidad.

Como si pudiera percibirla, Nic alzó la mirada y al verla, se borró la sonrisa de su rostro. La mujer con la que estaba hablando se volvió, y Magda sintió que se le hacía un nudo en el estómago al reconocer a la impresionante rubia que lo había acompañado en su primer encuentro en Mendoza.

Un camarero pasó por su lado y Magda tomó una copa de champán mecánicamente al ver que Nic tomaba a la mujer de la mano y se dirigía hacia ella. Él se aproximó sin apartar la mirada, dejándola paralizada donde estaba. Magda nunca se había sentido tan sola ni tan expuesta. No podía soportar la idea de que Nic quisiera humillarla de aquella manera, presentándole a su amante…

–Magda, me alegro de que hayas llegado –dijo él con amabilidad. Magda sintió los ojos de la mujer rubia estudiándola con curiosidad y sintió que se ruborizaba–. Quiero presentarte a alguien.

Magda se decidió entonces a mirar a la mujer y le sorprendió descubrir que era mucho más joven de lo que había creído. No debía de pasar de los veinte años, y la idea de que Nic saliera con una mujer de esa edad y que quisiera presentársela, le dio ganas de vomitar.

–Esta es mi prima Estela. Estaba en una sesión fotográfica el día de la cata y por eso no coincidisteis. Además de ser una modelo muy cotizada, no aguanta más de dos días en el campo.

Estela le dio un golpe en el hombro y se rio.

–No exageres, primo. Aguanto hasta tres.

Magda intentó recuperar el habla a la vez que evitaba pensar por qué se sentía tan aliviada.

–Encantada de conocerte, Estela –dijo con voz ronca.

–Igualmente, Magda –la joven se volvió a Nic con una espléndida sonrisa y dijo–: Será mejor que encuentre a mi acompañante o mandará un equipo de salvamento a buscarme.

–Vas a tener que presentarme a tu pretendiente.

Magda miró a Nic y vio que miraba a su prima con fingida severidad. Ella puso los ojos en blanco.

–Vale, pero no le hagas el tercer grado –dijo. Y tras

plantarle un beso en la mejilla, se fue con un sinuoso movimiento de caderas.

Magda no estaba preparada para la transformación del gesto afectuoso de Nic al mirar a su prima al frío y severo cuando la miró a ella.

–Su padre era hermano de mi madre. Murió cuando ella era una niña y yo me he convertido en una figura paternal.

–Parece muy agradable –dijo Magda, sintiendo que la embargaba la emoción.

Alguien chocó con ella por la espalda y Magda frunció el ceño al sentir el golpe en un hematoma previo.

–¿Qué te pasa? –preguntó Nic con lo que pareció sincera preocupación.

–Nada. Solo estoy un poco dolorida por haber... –Magda se calló a tiempo, pero tras unos segundos, Nic la miró como si lo hubiera adivinado.

–¡Has venido en autocar! –sacudió la cabeza–. De verdad que eres la criatura más testaruda que conozco. ¿Cuánto has tardado?

–Dieciséis horas –admitió ella.

–Supongo que has venido para buscar un inversor.

–O eso, o lo pierdo todo a tu favor –dijo Magda, ruborizándose.

–Te convertirías en una mujer muy rica.

Magda sintió una opresión en el pecho al oírle expresar de nuevo las ansias que tenía de perderla de vista.

–¿Cuándo se te va a meter en la cabeza que no todo es cuestión de dinero?

Nic fue a decir algo, pero sonó el gong anunciando que la cena estaba lista. Magda aprovechó el movimiento general para escabullirse de él. Necesitaba poder hablar con cuanta gente pudiera.

Durante toda la cena, Nic siguió discretamente a Magda, que estaba sentada al otro lado de la mesa, junto a Alex Morales, uno de los viticultores más famosos de Estados Unidos, al que Nic nunca había apreciado aun sin saber qué despertaba su animadversión.

En lugar de charlar con las mujeres sentadas a su lado que intentaban captar su atención, se dedicó a imaginar a Magda suplicando a Morales con ojos muy abiertos que invirtiera en su viñedo. Cada vez que la escena pasaba por su mente, tenía que hacer un esfuerzo sobrehumano para no obligarla a levantarse y a marcharse con él.

Magda miró a su atento y educado compañero de cena con incredulidad.

–¿De verdad quieres hablarlo en más detalle?

Él le dedicó una seductora sonrisa.

–Por supuesto, querida.

Para el gusto de Magda era excesivamente encantador, pero no podía dejar pasar la oportunidad de conseguir un inversor solo por una primera impresión.

Haberse sentado al lado de Alex Morales era un golpe de suerte, y más aún que él se mostrara interesado en saber más de su propiedad en Mendoza. Si Morales invertía en su bodega, podría librarse de la presión de Nic.

Aunque había percibido la mirada de Nic a lo

largo de la cena, había intentado abstraerse de su presencia. Sin embargo, en aquel momento, llevada por la excitación, no pudo evitar mirar en su dirección, y le irritó encontrar sus ojos azules sin el más leve titubeo. Él la miraba con severidad. Ella le sonrió y sus ojos centellearon. Por más que supiera que podía ser una ingenua, Magda estaba entusiasmada con la posibilidad de encontrar una solución a sus problemas.

Los invitados ya empezaban a levantarse y a ir hacia la sala de baile. Morales tomó a Magda de la mano para llevarla a la pista y ella pensó que se la retenía más de lo necesario, pero no quiso pensar en ello.

Él se inclinó con un encantador gesto de vieja cortesía.

–Si me disculpas, tengo que hacer una llamada, pero estaré libre en media hora si quieres que sigamos con nuestra conversación.

Magda estaba demasiado entusiasmada como para disimular.

–Desde luego.

Él sonrió dejando a la vista una perfecta dentadura.

–¿Por qué no vienes a mi habitación en unos… treinta y cinco minutos?

Añadió el número y dio media vuelta, pero Magda se sintió súbitamente invadida por el pánico. La situación había adquirido un cariz que la desconcertaba. Posó la mano sobre el brazo de Morales, que se volvió con expresión expectante.

–Lo siento, pero –dijo ella–... ¿no podríamos quedar en el bar?

Morales sonrió con actitud paternalista.

–Tengo que llamar desde mi habitación, por eso me parecía oportuno vernos allí. El bar estará lleno de gente. Pero si la conversación no es tan importante como para…

–No, no –dijo ella precipitadamente–. Tu habitación está bien. Nos vemos allí.

Él se despidió con una inclinación de cabeza y se fue. Al instante lo reemplazó otra persona, mucho más perturbadora. Magda intentó pasar de largo, pero Nic le bloqueó el paso.

Ella lo miró airada.

–¿Sí?

Nic la miró con ojos centelleantes:

–No confío en ese hombre.

Capítulo 6

LO QUE pasa es que no soportas que alguien crea en mi proyecto y esté dispuesto a invertir en el viñedo –dijo Magda con sarcasmo.

–Seguro que quiere invertir –dijo Nic con ojos centelleantes–, pero dudo que sea en tu propiedad. ¿Dónde habéis quedado?

Magda alzó la barbilla y pasó de largo, pero él la sujetó por el brazo. Ella se irritó consigo misma por la inmediata reacción física que sentía con tan solo sentir su mano.

–¿Vas a verlo a su habitación? –preguntó él incrédulo. Al ver que Magda se ponía roja, Nic añadió–: Magda, eres demasiado inexperta para tratar con alguien como Morales. Te utilizará y luego se deshará de ti.

Magda reaccionó visceralmente. Nic no tenía ni idea de hasta qué punto era inexperta, tanto físicamente como en situaciones como aquella, pero el orgullo le hizo adoptar una actitud desafiante. Sonriendo con un aire paternalista que imitó de Morales, dijo:

–¿De verdad crees que no he conocido a hombres como él en mi vida? Solo necesito jugar bien mis cartas, Nic.

Él le soltó el brazo con expresión de rechazo.

–Disculpa si he creído que podías encontrarte en una situación incómoda. Si Morales es el inversor que quieres y estás dispuesta a hacer lo que sea necesario, está claro que he subestimado tu ambición.

Y se fue, dejando a Magda turbada e insegura. ¿Por qué no confiaría Nic en Morales? Pensó en su sibilina sonrisa y se estremeció. Pero incluso si se insinuaba, ella debía ser capaz de rechazarlo.

No le gustó ni que Nic le hiciera avergonzarse de sí misma ni pensar, aunque solo fuera por un momento, que le preocupaba su seguridad. No estaba acostumbrada a que la defendieran. Solo lo había hecho su hermano, y de eso hacía muchos años.

Dándose cuenta de que estaba en medio de la sala, pensativa, miró el reloj y mascculló entre dientes. Era la hora. Apartando una leve inquietud, se dirigió a los ascensores.

Nic estaba charlando con unos conocidos en uno de los bares del hotel cuando de reojo vio la figura verde de Magda cruzar el vestíbulo y entrar en un ascensor.

Pensar lo que iba a hacer le encogió el estómago. Había subestimado su avaricia y su obsesión por triunfar a costa de lo que fuera.

Nic se debatió por un largo rato con la rabia que lo cegaba, hasta que tuvo la súbita imagen del rostro de Magda y se preguntó si estaría actuando para vengarse de él.

Dejó el vaso y se excusó. En perspectiva, y cuando no la tenía delante y su presencia no lo ofuscaba, su osadía resultaba más una pose que un sentimiento real.

Preguntó el número de habitación de Morales y apretó el botón del ascensor. Entonces algo lo detuvo: ¿Y si había malinterpretado el ardor con que Magda lo había besado? ¿Y si cambiaba de estrategia con cada hombre de acuerdo a lo que pensaba que querían?

Las puertas del ascensor se abrieron y titubeó. ¿Podía arriesgarse a ir en busca de Magda y que lo humillara? ¿Qué diría cuando llegara a la habitación? ¿Y si hacía el ridículo?

–¡Nic, por fin te encuentro! Quiero presentarte a Luis.

Nic miró a su prima, que entrelazó el brazo con el de él, y de pronto volvió a ver las circunstancias en perspectiva. No sentía nada más que desconfianza y antipatía por Magda, aparte de un irritante deseo, mientras que Estela lo quería incondicionalmente. Era evidente a quién debía dedicarle su tiempo.

–Pues llévame a verlo –dijo, sonriendo a Estela. Y se dejó conducir por ella, aunque el sonido de las puertas del ascensor cerrándose a su espalda le pareció un mal augurio.

Magda se encontraba en medio de una pesadilla. Se había encerrado en el cuarto de baño de la habitación de Morales y temblaba de la cabeza a los pies. No sabía cuánto tiempo llevaba allí, pero al menos él había dejado de golpear la puerta y de insultarla.

Se miró en el espejo. Tenía los ojos abiertos de espanto, el cabello alborotado, el vestido roto en el cuello y le sangraba un labio. Todavía no podía asimilar lo que había pasado.

La primera señal había sido encontrarlo más ebrio que durante la cena, pero inicialmente había estado atento y amable. Ella había hablado de la bodega con entusiasmo y él se había sentado a su lado en el sofá. De pronto, le había puesto la mano en el muslo y ella había reaccionado bruscamente, retirándosela y separándose de él. En ese momento, Morales se había transformado en un monstruo.

En la pelea que había seguido, él le había roto el vestido y la había abofeteado; ella había logrado zafarse de él y había corrido a refugiarse al cuarto de baño. Morales había gritado obscenidades y la había aterrorizado amenazando con tirar la puerta. Pero después de un buen rato, había cesado en sus ataques y se había hecho el silencio.

Magda fue hasta la puerta y apoyó la oreja para escuchar. El corazón le dio un vuelco al percibir un ronquido. Con el pulso acelerado, entreabrió la puerta sigilosamente.

Morales estaba echado en el sofá, dormido con la boca abierta. A punto de llorar de alivio, Magda fue hasta la puerta de la habitación. Estaba tan nerviosa que le costó abrirla. Cuando salió al pasillo se dio cuenta de que, durante la pelea, había perdido los zapatos, pero no tenía la menor intención de entrar a recuperarlos.

Ansiosa por alejarse, fue hacia el ascensor.

Nic dobló una esquina de camino a su habitación y se quedó de piedra al ver a una figura caminar hacia él.

Sabía que aquella era la planta de Morales e, inconscientemente, esa era una de las razones por las que había insistido en acompañar a Estela a su habitación.

La ira se apoderó de él, junto con un sentimiento mucho más poderoso y perturbador: Los celos. En ese momento, Magda lo miró y se paró en secó, como un animal atrapado por los faros de un coche. Nic creyó oír que de su garganta brotaba algo parecido a un sollozo. Pero ella dio media vuelta y se alejó de él.

Al ver el estado de su ropa y de su cabello, y observar que iba descalza, sintió el amargor de la bilis en la boca, y antes de que se diera cuenta de lo que hacía, fue tras ella. Cuando estaba tan cerca que podía tocarla, se detuvo y dijo con sarcasmo:

–¿Le has dado a Morales lo que quería o solo lo bastante como para mantenerlo interesado?

Magda percibió el asco y la desilusión de su tono. Se detuvo y, sin volverse, con los hombros en tensión, contestó:

–Déjame en paz, Nic.

Su voz, ronca y quebrada, indignó aún más a Nic, que pensó que estaba jugando con sus emociones. Posando la mano en su hombro, la hizo volverse, pero cuando vio su rostro sintió que le daba un vuelco el corazón. Instintivamente posó ambas manos sobre sus hombros.

–Magda, ¿qué ha pasado? ¿Te ha hecho eso Morales?

Magda intentó desviar la mirada, pero él la tomó por la barbilla e inspeccionó su rostro, a la vez que maldecía. Ella se soltó con un gesto brusco de la cabeza. La mancha de sangre de su labio contrastaba dramáticamente con la palidez de su piel.

–¿Qué vas a decir, Nic, que ya me lo dijiste?

Magda estaba haciendo un esfuerzo sobrehumano para no desplomarse, para evitar que Nic fuera testigo de su espantosa humillación. Nunca se había sentido tan frágil, tan débil o inútil. Y odiaba estar todavía tan aterrorizada que lo único que deseaba era aferrarse a él. Bajó la mirada al sentir que las lágrimas le picaban en los ojos.

–Cuando he dicho que no confiaba en Morales ha sido de forma intuitiva –dijo él, mortificado–. Nunca me ha gustado, pero no tenía ni idea de que pudiera ser violento.

–Pues tu intuición era acertada –dijo ella con amargura.

–¿Cuándo te ha hecho esto? ¿Después de...? –preguntó Nic.

Magda lo miró horrorizada. ¿Creía que se había acostado con Morales? ¿Tan baja era la opinión que tenía de ella? Tuvo ganas de devolver y sin embargo, suponía que solo ella tenía la culpa, por haber querido hacerle creer que era una mujer experimentada.

Súbitamente, dejó de luchar y se sintió exhausta. El temblor se intensificó y le recorrió todo el cuerpo.

–No me he acostado con él. No tenía intención de hacerlo –con la mirada perdida, añadió–: Jamás... con un hombre así... para conseguir algo. Puedes llamarme ingenua, pero fui a su habitación creyendo que quería hablar de negocios.

Tras suspirar profundamente, desvió de nuevo la mirada y continuó:

–Pero se me ha echado encima. Estaba borracho. Me ha roto el vestido y me ha abofeteado…

Magda estalló en sollozos que fue incapaz de controlar. De pronto se vio rodeada por el calor de unos poderosos brazos y por fin se sintió segura.

Nic la estrechó con fuerza, encontrándola extremadamente delgada y frágil. Quería creerla por encima de todo, y se dejó llevar por su instinto de protección.

Verla derrotada le resultaba tan difícil como verla desafiante y triunfadora. Nadie podía fingir el terror que su cuerpo le transmitía. La ira se apoderó de él. Su padre pegaba a su madre siempre que esta lo enfadaba, y Nic no podía soportar que se ejerciera violencia sobre las mujeres. La intensidad del odio que sintió por Morales lo asustó.

Aun así, había una parte de sí que no podía creer que Magda no supiera a lo que se exponía al quedar en su habitación. ¿Cómo podía ser tan ingenua una mujer experimentada como ella?

En el fondo, estaba enfadado consigo mismo por haber dejado que se enfrentara a aquella situación, por haber consentido que su orgullo le impidiera ir a buscarla, tal y como le pedía su instinto. Aquella mujer lo sumía en tal confusión que había permitido que corriera peligro antes que ser objeto de su burla. Era patético.

La sujetó en sus brazos hasta que los sollozos fueron remitiendo. Le masajeó la espalda, calmándola. Y la sensación de que ya había vivido aquella situación, años atrás, lo asaltó. Como siempre que recordaba aquellos instantes, esperó que los acompañara el dolor, pero no fue así.

Magda dejó de llorar y de temblar y se quedó inmóvil como un ratón. Nic podía sentir su respiración a través de la camisa y su actitud fraternal fue transformándose en una acalorada excitación. El cuerpo de Magda se amoldaba al suyo como si fueran dos piezas que encajaran a la perfección.

Nic apretó los dientes, pero no pudo detener la respuesta de su cuerpo a la proximidad de Magda, a la sensación de tener sus senos aplastados contra su pecho.

Cuando ella se movió levemente, él aflojó el abrazo. Ella entonces notó que se había echado en sus brazos como una damisela en apuros y, avergonzada, se separó de él a regañadientes. Manteniendo el equilibrio con dificultad, sus ojos se abrieron desmesuradamente al mirar a Nic.

–Te he manchado de sangre –dijo.

–No pasa nada –repuso él sin molestarse en comprobarlo.

La vergüenza de Magda se incrementó al ser consciente de que el temor había pasado a ser una sensación mucho más sensual, al fluir su sangre a determinadas zonas de su cuerpo que reaccionaban a estar tan cerca de Nic. Tenía los pezones endurecidos y sentía un húmedo calor entre las piernas.

Nic mantenía las manos en sus hombros y escrutaba su rostro.

–¿Dónde crees que vas?

Magda lo miró con prevención, temiendo que viera en sus ojos el deseo que despertaba en ella.

–A mi hotel –dijo ella, estremeciéndose a pesar de que intentaba controlar sus emociones–. Quiero darme una ducha. Me siento sucia.

Nic no hizo ademán de detenerla, pero en cuanto se soltó, Magda comprobó horrorizada que le flaqueaban las piernas. Él la tomó en brazos tan precipitadamente que Magda no pudo reaccionar.

–Vas a venir conmigo.

Magda intentó protestar, pero estaba demasiado débil. Dejándose llevar por Nic se traicionaba a sí misma, pero no tenía fuerzas para luchar. Apenas si fue consciente de que entraban en el ascensor y subían a una habitación con magníficas vistas de Buenos Aires.

Nic la depositó con delicadeza en un sofá.

–¿Te puedo dejar un momento?

Magda asintió y le vio tomar el teléfono mientras que con la otra mano se quitaba la pajarita y la chaqueta, y se desabotonaba el cuello de la camisa.

–Envíen un botiquín, por favor –dijo Nic antes de colgar e ir al servicio.

Magda oyó correr el agua y Nic reapareció. Tras agacharse a su lado, dijo:

–¿Te sientes capaz de darte una ducha?

Magda, que sentía náuseas con solo pensar en Morales, asintió enfáticamente.

–Hay un albornoz en el cuarto de baño. Cuando salgas, te curaré el labio.

Magda entró en el baño y se apoyó en la puerta

unos instantes. Temblorosa, se desvistió y entró en la ducha, dejando que el agua corriera sobre su cuerpo antes de enjabonarse. Al salir, se secó y se dejó el cabello suelto. Tras apretar con fuerza el cinturón del albornoz, salió con cautela. Nic, que estaba frente a la ventana, le daba la espalda. En cuanto la oyó, dejó sobre la mesa el vaso del que bebía un líquido de color ámbar y fue hacia ella.

–Deja que vea ese labio.

Magda se llevó el dedo al labio e hizo una mueca de dolor. Nic le alzó la barbilla para mirarlo bajo la luz y ella contuvo el aliento. Su proximidad hacía que se activara cada terminación nerviosa de su cuerpo. Era la primera vez que veía a Nic en el papel de enfermero. Él la soltó e impregnó un algodón con un antiséptico.

–Puede que te escueza un poco.

Lo aplicó al labio y Magda sintió que le ardían los ojos, pero no protestó.

–Al menos ha dejado de sangrar. La hinchazón habrá desaparecido para mañana.

–¿Tienes experiencia en labios partidos? –bromeó Magda.

Le sorprendió que Nic se tensara.

–He tenido unos cuantos –se limitó a decir él.

Entonces algo llamó la atención de Magda, que le tomó la mano para mirarla.

–¿Qué te ha pasado en los nudillos?

Magda se la retuvo cuando él intentó retirarla.

–He ido a ver a Morales mientras estabas en la ducha –dijo.

–¿Le has pegado? –preguntó Magda abriendo mucho los ojos.

–Tiene suerte de que solo le haya dejado una marca en la barbilla.

Sobrecogida por una intensa emoción, Magda le besó la mano. Luego alzó la mirada.

–Odio la violencia –dijo–. Pero en este caso..., gracias.

Los ojos de Nic estaban tan azules que Magda sintió que se zambullía en ellos. Una tensa quietud flotó en el aire hasta que Nic dijo:

–Morales dice que te has acostado con él.

Magda tardó unos segundos en asimilar sus palabras e interpretar la mirada de Nic. Le soltó la mano, sin poder creer que Nic pensara... Sintió náuseas.

–Piensas que te he mentido –dijo en tono apagado, dando un paso atrás y sintiéndose vulnerable y expuesta.

¿Cómo había podido pensar que su actitud caballerosa y protectora significaba que había cambiado la opinión que tenía de ella? En el silencio que se produjo, Magda desvió la mirada consciente de que no serviría de nada proclamar su inocencia. Volvió a mirarlo y dijo, desafiante.

–¿Y a ti qué más te da?

Nic se sintió como si le hubiera dado un puñetazo en el pecho. En el pasillo, al encontrarla tan alterada, la había creído, pero al enfrentarse a Morales y que este dijera: «¿Qué pasa, De Rojas, estás celoso porque se ha acostado conmigo y no contigo?», Nic se había enfurecido y, antes de saber lo que estaba haciendo, le había dado un puñetazo. Pero lo que realmente le inquietaba era saber que había actuado así no tanto por lo que Morales le había hecho a Magda, como por la ira que le causaba pensar que la versión de Morales pudiera ser verdad.

Apenas hacía unos segundos, cuando ella le había besado los nudillos, había creído perderse en sus preciosos ojos verdes. Otra vez. La última vez que no se había resistido, aquella misma mujer lo había aniquilado.

Y aunque sabía que ya no era el hombre joven e inocente del pasado, Magda seguía teniendo la habilidad de retirar la capa protectora de su piel, dejando al descubierto lo más íntimo de su ser.

–Lo único que me importa es que un hombre ha abusado de su fuerza –dijo con frialdad–. Aparte de eso, tú sabrás lo que haces.

Magda estaba horrorizada y enfadada consigo misma por haberse dejado engañar por una mínima muestra de ternura. Una vez más, Nic le demostraba lo ingenua que era, igual que acababa de hacerlo Morales.

–Tienes razón –dijo, imitando su frialdad–. No es de tu incumbencia.

Fue al cuarto de baño a por su vestido.

–¿Dónde vas? –preguntó él.

–Tengo que volver a mi hotel –dijo ella, girándose–. El autocar a Mendoza sale a las seis de la mañana.

Nic dejó escapar un exabrupto que escandalizó a Magda.

–No vas a volver a tu hotel –dijo con aspereza–. Es demasiado tarde, y mañana vienes conmigo. No vas a hacer un viaje de dieciséis horas.

Magda tuvo ganas de dar una patada en el suelo.

–Puede que me creyera que te importo algo si no acabaras de acusarme de acostarme con un hombre para conseguir su financiación. ¡Con un hombre violento! Para serte sincera, mi habitación infestada de cucarachas me resulta más tentadora que quedarme aquí y soportar tu reprobatoria condena.

Nic cortó el aire con la mano.

–¡Maldita sea, Magda! Si es preciso me iré a otra habitación, pero tú no te vas de aquí. Dime dónde hay que ir a recoger tus cosas.

Magda puso los brazos en jarras.

–Maldito seas, Nic de Rojas. ¿Cómo te atreves a hacerte el caballero cuando está claro que piensas que no soy más que una…?

Nic recorrió la distancia que los separaba en una fracción de segundo. Magda retrocedió al tenerlo tan cerca y sintió un latido en la garganta. Era evidente que estaba furioso, pero lo que la desconcertó fue darse cuenta de que no era con ella.

–Dime el nombre del hotel y el número de habitación, Magda. No acepto un «no» por respuesta.

Magda pensó con horror en su hotel y en el interminable viaje a Mendoza en el estado de debilidad en que se encontraba. Nic creía que acababa de venderse para conservar su propiedad y aun así insistía en cuidar de ella, como si fuera un paquete contaminado del que tuviera que encargarse. Pero su mirada decía que estaba dispuesto a encerrarla si no contestaba. Tragándose el orgullo, dijo:

–Hotel Esmeralda. Habitación 410.

Nic volvía a su habitación tras haber reservado otra y haber recogido las cosas de Magda.

Había necesitado separarse de ella para poder ordenar sus pensamientos. En el fondo de su ser, no creía que se hubiera acostado con Morales..., pero sus hipnóticos ojos verdes lo habían obligado a erigir una muralla entre ambos porque la facilidad con la que Magda le hacía sentir emociones lo aterrorizaba.

Se detuvo ante la puerta. En una mano, llevaba la maleta de Magda, que era ridículamente ligera comparada con la de cualquier otra mujer.

Cuando entró, reinaba una quietud total. En parte había temido que lo esperara desafiante, pero al recorrer la habitación la descubrió acurrucada en el sofá, con la cabeza apoyada en un brazo y el cabello esparcido sobre los hombros. Mirándola, sintió una opresión en el pecho. Dejó la maleta y se agachó a su lado, pero Magda no se movió. Poseído por una emoción que no pudo controlar, Nic le retiró un mechón de cabello tras la oreja. Estaba pálida y su cabello negro contrastaba dramáticamente con su piel. Sin poder contenerse, Nic se inclinó y le besó el corte del labio.

Magda estaba dormida, pero en sueños le estaba pasando algo maravilloso. Se sentía cobijada y segura, y algo mucho más intenso... Sentía deseo. Soñaba que Nic le besaba los labios con delicadeza, prolongadamente, como si no pudiera separarse de ellos.

Magda se obligó a salir de su profundo sueño y entornó los ojos pesadamente. Ante sí descubrió los de Nic, que la miraban con una solemnidad que conectó al instante con una parte profunda de su ser. Magda ya no sabía si soñaba o si estaba despierta.

Movió los labios con cautela, temiendo perder el cálido contacto de los de él. Nic intensificó la presión y Magda entreabrió los suyos. Sus ojos se cerraron porque la intensidad de los de Nic la cegaba. Sintió la punta de su lengua explorándole la boca, y oyó un gemido escapar del fondo de su garganta. Instintivamente, se hundió más en el sofá, consciente de que tenía el pecho de Nic pegado a sus senos. La presión de sus labios sobre los de ella se intensificó y Magda sintió fuego en las venas. Ladeó la cabeza y Nic hundió los dedos en su cabello, sujetándole la nuca para profundizar el beso.

Magda se sintió eufórica. Cuando los labios de Nic dejaron su boca para deslizarse por su barbilla y su cuello, echó la cabeza hacia atrás y sintió una contracción en el vientre. Si aquello era un sueño, no quería despertar. Nic siguió deslizándose hacia abajo y le abrió el albornoz. Una corriente de aire le acarició los senos y ella posó las manos en los hombros de Nic como si quisiera impedir que se moviera.

Magda alzó la cabeza y al mirar hacia abajo vio el rubio cabello de Nic acariciándole la piel por encima de los senos. Con la mano, él retiró el albornoz hacia los lados y se los cubrió, pellizcándole los pezones. Magda contuvo el aliento y se arqueó, buscando instintivamente un mayor contacto.

Entonces la boca de Nic ocupó el lugar de sus manos y le mordisqueó los pezones, acariciándola con su húmedo aliento. Magda nunca había sentido un deseo tan intenso tomar forma en su interior. Al menos desde la catastrófica semana que había cambiado su vida.

Su urgencia pareció transmitirse a Nic, que bajó la mano por su vientre y aún más abajo. Su boca volvió a buscar la de ella..., y de pronto, Magda gritó de dolor al sentir una aguda punzada en el labio partido.

Fue como si les echaran un cubo de agua fría. Nic se puso en pie de un salto y Magda se llevó los dedos al labio, del que había vuelto a fluir la sangre. Se incorporó, desorientada. ¿Cómo era posible que hubiera estado besando a Nic?

Ni siquiera ver que él tenía las mejillas rojas y que también parecía aturdido le sirvió de consuelo. Magda fue al cuarto de baño y se miró en el espejo. Apenas sangraba. Humedeció un paño y se lo aplicó sobre el labio. Tenía los ojos brillantes, las mejillas sonrosadas; el pecho, agitado como si acabara de correr una maratón. Y más abajo, entre las piernas, notaba un húmedo calor. Los dedos de Nic casi la habían tocado allí y Magda apretó las piernas como si con ello pudiera apagar el deseo.

Cuando sintió que había recuperado el control parcialmente, salió y vio a Nic paralizado y mirándola con inquietud.

–Preferiría que te fueras –dijo ella.

Una llamarada prendió en los ojos de Nic, que se acercó hasta quedarse delante de ella.

–Tú también lo deseabas. No finjas lo contrario.

Magda se ruborizó. Era cierto que se había despertado con un delicado beso de Nic. Sabía que podía haberlo rechazado y que no lo había hecho. El dolor que le había causado la mala opinión que Nic tenía de ella no se había mitigado. Para él, aquello no era más que atracción sexual. Ni siquiera le importaba que pudiera haberse acostado con otro hombre hacía apenas unas horas.

Nic alargó la mano como si fuera a tocarle el labio y ella dio un salto atrás.

–Estoy bien, Nic. Por favor, vete.

Él le lanzó una mirada iracunda y un nervio latió en su sien. Finalmente, retrocedió.

–Vendré a las ocho a recogerte. Espero que estés lista.

Magda asintió en silencio.

Nic fue hasta la puerta. Al llegar, se giró.

–No creas que esto ha sido todo, Magda, ni mucho menos –dijo en tono de advertencia.

Capítulo 7

MAGDA se alegró de que Nic estuviera pensativo y de que hicieran el viaje en silencio. Por la mañana había sometido su herida a una detallada inspección y había dicho:

–La inflamación ha bajado. En un par de días estará bien.

Y Magda había reprimido el impulso de decirle que ya lo sabía porque en el fondo le gustaba que se tomara la molestia de comprobarlo.

El pequeño avión privado tenía asientos de cuero y todos los lujos imaginables. Nic ocupó un asiento en diagonal al de ella. Magda rechazó una copa de champán y se acomodaron en un tenso silencio.

Magda miró en su dirección y vio que tenía la cabeza echada hacia atrás y los ojos cerrados. Pero la tensión de la mandíbula le indicó que no dormía. Sus pestañas proyectaban una sombra sobre sus mejillas. Llevaba la camisa abierta y se podía ver un poco del vello de su pecho y de su piel cetrina. Cuando vio que Nic había abierto los ojos y la observaba, se avergonzó de que la descubriera estudiándolo como una admiradora adolescente. Aunque mantenía una actitud relajada, Magda podía percibir que estaba en tensión, alerta como un animal a punto de abalanzarse sobre su presa, y eso la inquietó.

–Quiero hacerte una proposición –dijo él entonces.

Magda cruzó las piernas y carraspeó.

–¿Qué tipo de proposición?

Nic apoyó los codos en las rodillas y dijo:

–Ya has demostrado hasta qué punto te importa mantener la propiedad.

Magda se sofocó al pensar lo inerme que había estado ante alguien como Alex Morales y la facilidad con la que la había dominado.

–No repetiría lo que hice ayer. Fui una estúpida –dijo a la defensiva.

Nic se encogió de hombros.

–No sabías lo que hacías.

A Magda le molestó el comentario, pero Nic tenía razón.

–¿Qué ibas a proponerme? –preguntó para dejar de hablar de la noche anterior.

–Supongo que vas a seguir buscando inversores y que no piensas vender –dijo Nic.

–Así es –manifestó Magda, asintiendo con firmeza.

Nic sacudió la cabeza.

–No te va a resultar sencillo. Morales te calumniará. Si me dijo a mí que os habíais acostado, a estas alturas estará diciéndoselo a todo el mundo.

Magda sintió náuseas, y habría querido gritar su inocencia, pero sabía que Nic no estaba interesado.

–¿Y eso... qué significa? –preguntó.

–Que si quieres un inversor, tendrás que buscarlo en Europa.

Magda se sintió aún peor. No tenía dinero para un viaje así, ni podía pedirle ayuda a su antiguo jefe, quien, aunque tenía un negocio floreciente, no contaba con el capital necesario como para invertir.

Miró a Nic con aprensión.

–¿Qué pretendes? ¿Demostrarme que estoy en una situación crítica? –preguntó, abatida.

Nic la miró. La tenía precisamente donde la quería. O casi. Porque donde verdaderamente la quería era en su cama. Aunque se sentía despreciable, acalló cualquier sentimiento de culpabilidad. La noche anterior le había servido para comprobar que, en lo tocante a Magda, perdía el control. Tenía que poseerla, pero al mismo tiempo protegerse. Magda tenía demasiado poder sobre él. La miró fijamente y dijo:

–Yo invertiré en tu propiedad.

Magda palideció inicialmente y su piel pareció de porcelana. Luego se le colorearon las mejillas y sacudió la cabeza.

–Ni hablar. Quieres arruinarme.

Nic sonrió.

–Tengo que admitir que al principio quería que te fueras… pero desde que has venido, la vida me resulta más… entretenida.

Magda desvió la mirada y se cruzó de brazos, y su pecho atrajo la mirada de Nic allí donde la fina camiseta dejaba entrever la perfecta forma de sus senos. Un mechón de cabello caía sobre uno de ellos, tentadoramente próximo a un pezón.

Nic apretó los dientes. Tenía que ser suya o se volvería loco.

Magda estaba furiosa. Así que Nic la encontraba «entretenida»...

Oyó un ruido y cuando miró, vio que Nic se había sentado frente a ella y que atrapaba sus piernas entre las suyas.

–¿Se puede saber qué estás haciendo? –dijo ella entre dientes.

Nic sonrió.

–Voy a demostrarte que no tienes otra opción que aceptar mi propuesta si no quieres perder la hacienda y que tus trabajadores se queden sin nada después de tantos años trabajando para vosotros.

Magda abrió la boca pero volvió a cerrarla. Nic tenía razón. Hernán y María no tenían nada. Ni siquiera podía pagarlos.

Como si le leyera el pensamiento, Nic dijo:

–Si me dejas invertir, Hernán y María estarán seguros. Les organizaré un plan de pensiones. Hernán puede trabajar en el viñedo y tú podrás contratar un nuevo enólogo –antes de que Magda reaccionara, añadió–: Necesitas barriles nuevos, y los dos sabemos que son caros. Además de una nueva prensa.

Magda se ruborizó.

–La prensa manual está muy de moda.

Nic ladeó la cabeza.

–Para algunas uvas está muy bien, pero tienes que pensar en mecanizar el proceso. Lo mismo sucede con la recolección.

–¡Tú sigues recogiendo a mano! –dijo Magda como si fuera una acusación.

–Sí, para algunas uvas, pero la mayoría se recogen a máquina.

Magda sintió un peso en el pecho. Nic tenía una perfecta combinación de nueva y vieja tecnología, que era exactamente lo que ella quería conseguir en Vázquez.

Él continuó:

–Parte de tus viñas son salvables. Si cuidas de ellas este año, puedes conseguir una cosecha respetable el que viene. ¿Y cómo vas a recoger la uva de las viñas que han dado fruto? ¿Con la exclusiva ayuda de Hernán?

Magda se sintió desanimada. Nic estaba empeñado en mostrarle todas las dificultades a las que se enfrentaba.

–Redactaré un contrato para que sirva de documento legal. Invertiré en maquinaria y trabajadores. Supervisaré la producción de tu primera cosecha, sea el año que viene o al siguiente. Y después, me retiraré y todo será tuyo.

Magda lo miró con suspicacia.

–¿Te retirarás?

Nic sonrió con sarcasmo.

–Con un considerable porcentaje de los beneficios, Magda, hasta que me devuelvas el préstamo. Durante un tiempo no vas a hacer dinero, pero tendrás la oportunidad de conservar tu propiedad y de proteger a tus trabajadores.

Magda sintió un rayo de esperanza. La oferta era extremadamente generosa. Pero de pronto se dio cuenta del peligro que representaba tener a Nic supervisando el proceso.

–Quieres convertir a Vázquez en una extensión de De Rojas.

Nic sacudió la cabeza.

–No. Me interesa más ayudar a crear un poco de competición saludable. Y siento curiosidad por saber cómo te las arreglas.

A Magda le costaba imaginar que Nic aceptara sus decisiones.

–¿Lo pondrás por escrito? –preguntó ella.

Nic asintió.

–Claro. Lo pondremos todo por escrito.

Aunque le hubiera gustado decirle que no necesitaba su ayuda, Magda sabía que no podía dejarse llevar por el orgullo.

–Tendré que pensármelo –dijo, crispada.

Nic sonrió con desdén.

–No tienes mucho que pensar, Magda. Te estoy ofreciendo la oportunidad de salvarte o ahogarte.

Tras ese comentario, Nic volvió a su asiento y estiró las piernas. Echó la cabeza hacia atrás y en unos minutos, roncaba suavemente.

Magda consiguió relajarse parcialmente, pero su cabeza bullía con las implicaciones de la oferta de Nic.

Miró con suspicacia su inocente expresión dormido. Tenía que haber una motivación oculta; no podía ser tan sencillo. Miró por la ventanilla hacia la extensa pampa. Tenía ante sí la posibilidad de hacer lo que siempre había deseado: trabajar la tierra, conservar la propiedad, devolverle su esplendor. Además, se sentía responsable de Hernán y María, que eran mayores y pronto tendrían que jubilarse.

Magda suspiró profundamente y finalmente, el cansancio se adueñó de ella y se quedó dormida.

–Magda…

Magda se despertó sobresaltada. Cuando enfocó la mirada vio el rostro de Nic tan cerca del de ella que podía advertir las suaves arrugas alrededor de sus ojos. Se sintió acalorada y supo que había tenido un sueño erótico con él. Irguiéndose, vio que Nic apretaba los dientes.

–Vamos a aterrizar en cinco minutos. Abróchate el cinturón.

Magda obedeció con dedos temblorosos y aliviada de que Nic volviera a su asiento. Con él tan cerca no lograba respirar.

Aterrizaron con suavidad a los pocos minutos. El todoterreno de Nic los esperaba, y fueron hacia Vázquez. Magda se sentía como si hubiera participado en un combate de boxeo. Miró el tenso perfil de Nic preguntándose si habría soñado la conversación o si realmente se había ofrecido a invertir.

Cuando vislumbró el perfil de la hacienda, Magda suspiró aliviada. Nic detuvo el vehículo a los pies de la entrada y señalando la casa, dijo:

–La renovación de la casa se incluirá en la inversión.

Magda sintió que se le aceleraba el corazón. No se trataba de un sueño.

–¿Por qué estás haciendo esto? –preguntó con suspicacia.

Nic se limitó a encogerse de hombros con indiferencia.

–Tengo el dinero y no me gustaría que un buen viñedo desapareciera.

Magda se esforzó por descubrir dónde estaba la

clave. Estaba convencida de que había una razón que se le escapaba. Se giró en el asiento y lo miró de frente.

–¿Y qué hay de la rivalidad entre las dos familias? ¿Cómo sé que no quieres hacerte con el viñedo?

Nic apretó los labios y sus ojos brillaron fugazmente.

–Una vez me dijiste que para ti esa rivalidad no significaba nada.

Magda sintió la emoción que siempre la embargaba al recordar aquel tiempo.

–Tú dijiste lo mismo, pero luego...Todo volvió a empezar.

El rostro de Nic era inescrutable.

–Nuestros padres han muerto, Magda. Solo quedamos tú y yo. Debemos mirar hacia delante.

Magda no conseguía llegar a confiar en él. Había un brillo en sus ojos que no lograba identificar.

–Pero voy a poner una condición para la oferta, que no aparecerá en el contrato.

Magda se puso alerta. Resoplando, dijo:

–Sabía que era demasiado bueno como para ser verdad. ¿Cuál es la condición?

Tras una prolongada pausa que puso a Magda fuera de sí, Nic finalmente dijo:

–Que pases una noche conmigo, Magda. Una noche en mi cama para acabar lo que empezamos hace ocho años.

Magda lo miró atónita. Ella era consciente de lo que había entre ellos, de que el aire se llenaba de electricidad en cuanto se encontraban. Ella misma había estado el día anterior a punto de pedirle que la tomara. Pero hasta ese momento había pensado que podría ignorarlo.

De pronto, Nic lo expresaba de viva voz. Había basado la proposición en la explosiva química que había entre ellos. Magda sacudió la cabeza. Tenía la garganta seca.

–Aunque te cueste creerlo, anoche un hombre me hizo esa misma proposición y la rechacé. ¿Qué te hace pensar que la tuya es diferente?

Nic se inclinó hacia ella, aproximándose tanto que Magda pudo sentir su aliento en la cara. Le recorrió la mejilla con los dedos y los bajó hasta el pulso que palpitaba en su cuello. Los pezones de Magda se endurecieron al instante, presionando la tela del sujetador.

Nic sonrió como si supiera la respuesta que estaba consiguiendo y movió levemente el antebrazo para rozárselos.

–La diferencia, Magda, es que a él no lo deseabas. En cambio puedo oler el deseo que sientes por mí. Por eso vas a aceptar mi oferta.

Magda tuvo un ataque de pánico. Con la mano, palpó la puerta en busca de la manija. Abrió y estuvo a punto de caerse al suelo. Nic también bajó y fue hacia ella. Magda tardó en darse cuenta de que le tendía su bolso. Ella lo tomó bruscamente.

–Ya sabes dónde encontrarme –dijo él con una sonrisita–. Esperaré tu respuesta… si es que quieres salvar tu propiedad y ser sincera contigo misma.

Y, tras subirse al todoterreno, arrancó y se fue, dejando detrás una nube de polvo.

Durante una semana, Magda tuvo pesadillas en las que oía las últimas palabras de Nic. Y de día se enfrentaba a la cruda realidad de que, sin capital, Hernán y ella no podrían hacer nada con la poca uva que tenían.

La conversación con Nic le daba vueltas en la cabeza, y se ruborizaba cada vez que recordaba la frialdad con la que había hablado del deseo que percibía en ella.

Tenía razón y no tenía sentido negarlo. Le asustaba que los días se le hicieran eternos, no poder dejar de pensar en él, darse cuenta de hasta qué punto se había acostumbrado a sus inesperadas visitas... Y lo vacía que se sentía cuando no aparecía.

Aunque quisiera evitarlo, no podía dejar de pensar en la condición que había puesto para ayudarla. En cierta medida, hacerlo de aquella manera, con límites definidos, sin falsos sentimentalismos, debía resultarle más fácil.

Magda sabía que ante Nic de Rojas siempre era débil. Que este podía haber fingido seducirla en vez de ser sincero y que ella habría caído en el engaño. Sin embargo, tal y como lo había planteado, no había trampas ni ambigüedades. Quizá sería la forma de dar por cerrado el episodio del pasado y avanzar hacia el futuro.

Subconscientemente, bloqueaba la noción de que tendría que ver a Nic a diario, que la conclusión de lo que habían empezado tiempo atrás no sería completa. Pero aun así, los días pasaron y no se animó a tomar el teléfono y a hacer la llamada que cambiaría su vida.

Una noche, al final de la semana, Magda estaba en el despacho de su padre cuando Hernán se presentó con expresión angustiada.

–Estoy preocupado por ti y por la casa –dijo él, que temblaba de la cabeza a los pies–. No vas a poder hacer nada, Magda. Tendrás que vender.

Magda lo miró espantada.

–¿Y qué será de ti y de María?

Hernán se encogió de hombros, pero no engañó a Magda.

–No te preocupes por nosotros, niña. Nos las arreglaremos.

Magda sabía lo que Vázquez significaba para Hernán, y cuánto le debía la bodega a él. Hernán era un excelente viticultor, responsable de los mayores éxitos alcanzados por su padre. No podía abandonarlo a aquellas alturas. Ni a él ni a María.

–Puede que haya otra solución –dijo Magda.

Y le explicó la oferta de Nic sin mencionar la condición que la afectaba a ella.

Hernán la miró con incredulidad.

–Entonces… supongo que vas a aceptarla –comentó–. Es la única posibilidad de salvar la propiedad.

Magda lo miró con solemnidad.

–Es una decisión difícil. ¿Cómo sé que puedo confiar en él?

Magda no hablaba de la parte práctica del acuerdo, sino de la posibilidad de que acostarse con Nic la destrozara, de si podía confiar en sí misma.

Entonces, Hernán hizo una mueca y pareció envejecer diez años.

–¿Qué sucede, Hernán?

Este apartó la mirada y cuando la volvió de nuevo hacia ella, su piel tenía un tono cerúleo.

–Magda, María no está bien. Necesita un tratamiento que no podemos pagar.

Magda fue hasta él y lo abrazó.

–No queríamos que te preocuparas –dijo él entre lágrimas–. Pensábamos que si vendías, iríamos a Buenos Aires con nuestro hijo.

Magda sacudió la cabeza. Sabía que Hernán y María odiaban la ciudad. Su hijo no ganaba lo bastante para mantener a su propia familia y a sus padres.

–No tenéis que ir a ninguna parte. Si acepto la oferta de Nic de Rojas, me ocuparé de vosotros dos. Sobre todo de María.

Él le tomó la mano y dijo:

–No queremos ser una carga para ti.

Ella le apretó la mano.

–Hernán, esta familia te debe mucho. Lo menos que os merecéis es atención médica y seguridad, y pienso proporcionárosla –tomó aire–. Esta noche llamaré a Nic de Rojas.

La emoción que afloró al rostro de Hernán, sus ojos llenos de lágrimas, fue suficiente para que Magda supiera que ya no se podía echar atrás. Aquellas dos personas eran más importantes para ella que cualquier escrúpulo personal.

La tarde siguiente, Magda iba en coche a casa de Nic con una bolsa de viaje. Estaba tan tensa que temía quebrarse en cualquier momento, y tenía que obligarse a respirar. Había pasado un día extraño y cargado de emotividad.

La noche anterior había llamado a Nic para decirle que aceptaba el trato con la condición de que María recibiera la mejor atención médica posible. Nic había accedido sin titubear y su reacción había vuelto a desconcertar a Magda. Aquella misma mañana se había presentado con un médico que había visto a Hernán y a María, y esta había sido enviada a un hospital privado de Mendoza aquella misma tarde. La alegría y el alivio que tanto ella como Hernán habían manifestado habían emocionado profundamente a Magda.

Por otro lado, había reaccionado al ver a Nic con una excitación y un nerviosismo como si hiciera meses, y no días, desde que habían coincidido por última vez. Al verlo de cerca y observar que parecía cansado, había sentido el ridículo impulso de preguntarle si todo iba bien.

Tras marcharse Hernán y María, se había vuelto hacia él.

–¿Y qué va a pasar ahora? –preguntó Magda con aprensión, ya en las escaleras de la casa.

Nic la miró tan fijamente que ella sintió que se ruborizaba con violencia.

–Vendrás a mi casa a las ocho de la tarde.

Y sin añadir más, Nic se había subido al todoterreno y se había marchado.

Magda se concentró en la conducción y trató de no pensar en lo que la esperaba.

Nic recorría su despacho de arriba abajo. No quería admitir hasta qué punto había sentido pánico al recibir finalmente la llamada de Magda. Durante los días anteriores no había dejado de preguntarse qué estaría haciendo y si habría encontrado otro inversor.

No dudó ni un segundo en aceptar su condición. Habría aceptado lo que fuera por tenerla por una noche. Nic se detuvo y miró hacia los viñedos, que empezaban a difuminarse en la luz del atardecer. Una noche. Podría hacerlo. Con una noche solía bastarle con cualquier mujer… Pero Magda había sido distinta a todas desde el momento en que la conoció.

Se pasó la mano por el cabello con impaciencia. Sobre el escritorio tenía el documento del acuerdo. Hasta que había oído su voz la noche anterior no había sido consciente de hasta qué punto la ansiaba.

Y al verla por la mañana el deseo lo había poseído como una bestia salvaje.

Aquel contrato significaba que Magda no podría decir a posteriori que lo había hecho por aburrimiento, o que se arrepentía de lo que había hecho. Su empeño en conservar la propiedad era demasiado poderoso. Como era poderoso el deseo que sentía hacia él aunque lo negara y aunque, de no haber sido por el acuerdo, no hubiera llegado a aceptarlo nunca. El documento significaba que no podría echarse atrás y que él no necesitaba exponerse, tal y como había hecho en el pasado.

Entonces, ¿por qué los papeles que tenía sobre el escritorio le parecían una burla?

Magda miró con aprensión la caja roja que había en la cama del dormitorio al que una doncella la había acompañado.

–Un regalo del señor De Rojas. La espera a las ocho en el comedor. Si necesita algo, llámeme –le había dicho.

Magda lo abrió y sacó lo que parecían metros y metros de satén gris oscuro. Alzó el vestido y contuvo el aliento. Era espectacular. Sin tirantes, con el cuerpo fruncido, corte alto de cintura y tablas de satén y gasa que caían hasta el suelo. La caja también contenía unos zapatos plateados, y ropa interior gris oscura de encaje, además de otra caja pequeña con unos pendientes de diamantes en forma de lágrima, y un brazalete a juego.

Ver todos aquellos objetos tan caros extendidos sobre la cama le produjo un rechazo inmediato, aunque se dijo que sentirse tratada como una cortesana la ayudaría a no implicarse emocionalmente.

A las ocho en punto llamaba a la puerta que una doncella joven y tímida le había indicado. Tras hacer sonar los nudillos entró. Una gran mesa para dos, iluminada por velas, ocupaba el centro de un comedor formal. Nic estaba de pie, junto a la ventana, con las manos en los bolsillos, vestido con traje oscuro y camisa blanca.

–Te has puesto el vestido –dijo Nic.

Magda se asió al pomo de la puerta y reprimió el deseo de decirle que estaba cumpliendo con el papel que le había asignado.

–Sí, gracias.

Nic esbozó una sonrisa.

–Puedes separarte de la puerta. No muerdo.

La idea de sus dientes clavándosele en la piel estremeció a Magda, que soltó el pomo bruscamente al tiempo que un miembro del servicio y tras consultar con Nic se marchaba. Entonces este sirvió dos copas de champán y le entregó una.

–Salud –dijo, mirándola fijamente.

–Salud –repitió ella, desviando la mirada y dando un sorbo.

–Estás preciosa –dijo él.

Magda sintió un cosquilleo. No estaba acostumbrada a recibir cumplidos ni a que Nic se comportara con tanta naturalidad.

–Tú también estás muy guapo –dijo. Y, ruborizándose, dio otro sorbo antes de decir alguna otra tontería. Para romper un incómodo silencio preguntó por María.

Nic explicó que le estaban haciendo pruebas relacionadas con el corazón.

–Gracias de nuevo –dijo ella–. Hernán y ella no hubieran podido pagar un tratamiento.

–Quedarán incluidos en el seguro médico que pago a mis empleados –dijo él.

–¿Eso me incluye a mí? –preguntó ella con amargura.

–Tú eres mi socia, Magda, no una empleada –dijo. Y le indicó que se sentara. La mesa estaba puesta con vajilla de porcelana y cubertería de plata. Magda sentía el champán burbujear en sus venas y en su cabeza.

Cuando Nic ocupó el asiento situado frente al suyo, tan elegante y sofisticado, se sintió intimidada. El servicio entró y les sirvió una crema templada. El pánico y la claustrofobia se fueron apoderando de Magda a medida que se aproximaba el momento en que se suponía que subirían al dormitorio a mantener relaciones. No podía imaginar que Nic adoptara otra actitud que la frialdad con la que se estaba comportando, y su determinación de actuar como si pudiera no implicarse emocionalmente se iba disolviendo por segundos.

Llegó el servicio para retirar los platos y Magda sintió una creciente agitación. Nic frunció el ceño.

–¿Estás bien? Pareces acalorada.

La indiferencia con la que manifestó su supuesta preocupación acabó de sacar a Magda de sus casillas. Habría querido gritar que por supuesto que no se encontraba bien. Se puso en pie con tanta brusquedad que los cubiertos chocaron contra el plato. Alzó la mano, temblorosa, y el brazalete de diamantes brilló como fuego helado.

–No puedo seguir adelante. No puedo fingir que esto es normal cuando no lo es en absoluto.

Capítulo 8

MAGDA se quitó bruscamente el brazalete y los pendientes y se sintió mejor al instante.

–Yo no soy así, Nic. No puedo actuar como si no pasara nada.

Nic se puso en pie con ojos centelleantes.

–Es demasiado tarde para echarte atrás, Magda. Si no cumples esta noche, te quedarás sin nada.

Magda se agachó y se quitó los zapatos. Necesitaba espacio y aire fresco.

–Si seguimos adelante –dijo–, lo haremos a mi manera.

Y sujetándose el vestido, corrió hacia la puerta principal precipitadamente. Oyó una maldición a su espalda y supo que Nic la seguía. Ni siquiera sabía dónde se dirigía, pero al salir, vio los establos a la izquierda y de pronto lo supo.

Estaba sacando a un caballo de su cubículo y colocándole una silla cuando oyó decir:

–¿Qué demonios crees que estás haciendo?

Magda se volvió hacia Nic cuadrándose de hombros.

–Hacer las cosas a mi manera –contestó. Y de un salto, montó y miró a Nic desde la altura de la montura.

Él titubeó por unos segundos. Luego se quitó la chaqueta bruscamente, mascullando algo, y sacó a su vez un caballo. Un enorme purasangre negro. Magda clavó los talones en el suyo y salió del establo. El sol acababa de ponerse y el cielo conservaba un maravilloso tono violeta.

Largas filas de viñas se prolongaban hasta el horizonte. Magda hizo girar el caballo hacia la dirección opuesta y lo puso al trote, en dirección a la linde entre las dos propiedades.

Pronto oyó pisadas a su espalda, pero no se volvió. Siempre se había sentido libre cabalgando. El aire fresco le acariciaba las mejillas y el vestido flotaba a lo largo de sus piernas.

Nic llegó a su altura y antes de que ella pudiera reaccionar, le sujetó las riendas y obligó a su caballo a detenerse.

–¿Qué crees que…?

–¿Dónde se supone que vamos? –preguntó él sin pretender ocultar su ira.

–Lo sabes perfectamente –dijo ella, negándose a dejarse intimidar.

Los ojos de Nic chispearon y su rostro se ensombreció.

–No pienso volver allí contigo.

Magda tiró de las riendas para arrancárselas de la mano.

–Si de verdad quieres esta noche, tendrá que ser allí.

Nic la observó en silencio. Tenía la respiración agitada y sentía que se quemaba por dentro, aunque no sabía si de rabia o de deseo.

–¿Qué pretendes? ¿Es un patético intento de hacerte la romántica? Preferiría que fuera en mi cama. O incluso en los establos.

Magda trató de ignorar el dolor que le causó su crudeza.

–Será allí o en ninguna parte –dijo.

Y sin más, puso el caballo al galope. Tras una leve vacilación, Nic la siguió. Cuando llegó al manzanal, la impresión fue tan fuerte que se mareó. Llevaba años evitando acudir a aquel lugar como si fuera la peste. Magda había desmontado y esperaba de pie, exactamente como años atrás. Excepto que se trataba de una mujer madura, con los hombros desnudos y senos que llenaban el vestido.

Nic bajó del caballo y caminó hacia ella. Magda estaba pálida, con los ojos muy abiertos, pero a pesar de su aparente vulnerabilidad, Nic intentó ocultar hasta qué punto le afectaba volver a aquel lugar.

Súbitamente, Magda no comprendió cómo había sido capaz de realizar un gesto tan dramático, pero había actuado visceralmente y ya no había vuelta atrás.

–Aquí empezó todo y aquí terminará hoy, para siempre.

Nic se acercó y ella sintió que se quedaba sin aliento. Deteniéndose a unos pasos de ella, Nic la observó y en tono displicente, dijo:

–¿A qué estás esperando?

Magda, que por un instante había creído que retornar a aquel lugar lo afectaría emocionalmente en alguna medida, apaciguándolo, perdió el valor que la había impulsado a actuar.

No tenía la menor idea de cómo comportarse. Nic creía que se había acostado con Morales y que conocía las artes de la seducción, cuando la realidad era que no había hecho nunca nada parecido. Y la razón de su inexperiencia estaba en aquel momento ante ella. La cicatriz que había dejado el final de una perfecta semana le había impedido buscar compañía masculina por temor al rechazo y por un irracional miedo.

Un repentino enfado se apoderó de ella al pensar que Nic no había padecido ninguna de esas consecuencias. La rabia le dio fuerzas para acercarse a él, tomarlo por la camisa y atraerlo hacia sí.

Entonces empezó a besarlo, cerrando los ojos para aislarse emocionalmente de lo que hacía. Nic mantuvo los labios cerrados y ella pensó que era imposible que no se diera cuenta de lo inexperta que era.

Pero todo cambio de un instante a otro. Súbitamente, Nic la abrazó con fuerza y respondió al beso con una intensidad devastadora, inclinándole la cabeza hacia atrás, entrelazando su lengua con la de ella, exponiendo su cuello para mordisquearlo.

Magda se sintió poseída por una ardiente languidez a la vez que notaba una pulsante tensión entre las piernas. Sus senos empujaban la seda y sus brazos estaban aprisionados contra el pecho de Nic.

Cuando este alzó la cabeza, Magda estaba embriagada, no podía abrir los ojos. Entonces él le tomó el rostro entre las manos y cuando ella abrió los ojos, se encontró con los de él, azules como el mar: dos calientes y agitados océanos.

Nic le acarició las mejillas con los pulgares y volvió a besarla, aunque con mayor delicadeza. Y esa ternura hizo que Magda sintiera un gran vacío abrírsele en la boca del estómago al recordar tiempos pasados en los que Nic había sido todo consideración y suavidad.. antes de que todo se agriara.

Nic le besó el cuello y los hombros y amoldó sus caderas a las de ella, sujetándola por las nalgas y elevándola para que su sexo erecto quedara atrapado en el vértice de sus piernas.

Ella dejó escapar el aliento con fuerza e hizo ademán de retroceder ante la íntima embestida, pero él la sujetó con firmeza y clavó sus azules ojos en ella al tiempo que se mecía atrás y adelante hasta que Magda, jadeante, respondió pegándose a él.

El deseo acumulado de tantos años empezó a emerger y Magda susurró su aprobación cuando él la ayudó a tumbarse en la hierba. Quemándola con la mirada y con los labios, se deslizó hacia abajo y acarició sus senos por encima de la ropa. Luego buscó la cremallera del vestido en la espalda. Ella se irguió levemente para darle acceso y, tras bajarla, Nic le bajó el cuerpo hasta exponer primero un seno y luego el otro. Entonces, tomó ambos en sus manos y los acarició, pasándole los pulgares una y otra vez por los endurecidos pezones. Ella respiró agitadamente.

–¿Qué quieres que haga? –preguntó él.

Magda entornó los ojos; sentía los párpados pesados. No supo qué decir porque lo que le acudió a los labios fue que lo deseaba a él.

–¿Quieres que te saboree?

En lugar de esperar una respuesta y sin dejar de acariciarle los senos, le hizo sentir su firme erección antes de agachar la cabeza y cerrar los labios en torno a una de sus rosadas puntas. Sin atender a los gemidos de Magda, lo mordisqueó y succionó con fruición, hasta que ella alzó las caderas hacia él. Entonces Nic dedicó su atención a su otro seno hasta que Magda creyó enloquecer de placer. Movía la cabeza de un lado a otro. No podía pensar, solo sentir.

Nic le subió la falda y sus dedos tocaron la braga de Magda donde esta se sentía caliente y húmeda. Él alzó la cabeza y ella sintió frío en los húmedos pezones. Abrió los ojos y vio que Nic la miraba. Este empezó a mover los dedos delante y atrás, ejerciendo una presión que la hizo gemir.

–Ya estás lista para mí, ¿verdad?

Magda asintió. Llevaba años preparada.

–Dime cuánto me deseas.

Magda no podía pensar mientras él la tocaba tan íntimamente. Las palabras salieron de su boca sin pensarlas.

–Nic, te deseo. Siempre te he deseado.

Nic se detuvo bruscamente y una expresión escéptica cruzó su rostro.

–Serías capaz de decir cualquier cosa, ¿verdad?

Magda negó con la cabeza y estuvo a punto de llorar cuando él volvió a mover sus dedos, con más fuerza en aquella ocasión, como si estuviera enfadado y al sentir la ansiedad de Magda, quisiera torturarla.

–Eso no es verdad –dijo ella.

Pero enmudeció al sentir los dedos de Nic por debajo de la tela, acercándose a los pliegues que ocultaban la parte de su cuerpo donde residía su deseo más primario.

–Claro que sí... pero ya da lo mismo. Solo importa esto.

Y Nic la besó apasionadamente a la vez que penetraba en su húmeda cueva con un dedo, arrancándole un grito de la garganta. Ella tiró de su camisa. Quería verlo, sentirlo contra sus senos. Y mientras tanto, los dedos de Nic mantenían la fricción provocándole un placer que amenazaba con hacerla estallar.

Él entonces le bajó las bragas y se quitó la camisa. Un vello dorado le cubría los pectorales. Luego se desabrochó los pantalones y se los quitó. El bulto que se percibía bajo sus calzoncillos excitó a Magda. Vagamente oyó un papel rasgarse y a continuación, Nic liberó su sexo y se puso un preservativo antes de abrirle las piernas y colocarse entre ellas.

Pronto sus dedos estaban de nuevo en su entrepierna y Magda gritó de placer al tiempo que alzaba el torso para sentir el de él.

–Por favor –gimió–. Por favor, haz algo.

Ni siquiera sabía qué pedir. Solo, que quería más.

Él sostuvo parte de su peso en sus manos y le dejó sentir la punta de su pene en la entrada a su interior. Al sentir la desconocida invasión, ella notó que se le contraían los músculos y que se le abrían los ojos. Quería lo que estaba a punto de suceder y, sin embargo, una reacción instintiva al posible dolor, la tensó.

Nic se adentró suavemente y ella sintió un dolor agudo atravesándola. Él frunció el ceño y mascculló:

–Estás tan prieta...

Instintivamente, Magda se arqueó para facilitar la penetración y gritó al sentir una nueva punzada de dolor, pero aun así, sujetó a Nic por las nalgas para impedir que se separara de ella.

Él la miró súbitamente con consternación.

–Dios mío, Magda, ¿eres…?

–No lo digas –dijo ella con fiereza–. Y no pares.

Nic permaneció paralizado, con su sexo parcialmente introducido en Magda. Sentía un torbellino de emociones, pero la predominante era de victoria. Magda era suya, solo suya.

Incluso cuando le había dicho que lo deseaba había asumido que interpretaba un papel. Pero lo que acababa de descubrir lo cambiaba todo y hacía que sus ideas se tambalearan hasta límites que no era capaz de adivinar en aquel momento.

Por fin recuperó parte del control y apretando los dientes, dijo:

–Será un dolor intenso pero pasajero, te lo prometo.

Magda lo miró. Estaba sofocada, despeinada, preciosa. Le mordisqueó el labio inferior antes de decir:

–De acuerdo.

La confianza en él que percibió Nic en su mirada estuvo a punto de partirlo en dos. Sintiendo que el sudor le perlaba el pecho, apretó la mandíbula y se fue adentrando en el ceñido interior de Magda. Ella gritó y le apretó las nalgas, y Nic estuvo a punto de estallar al sentir su interior estrechándose contra su sexo.

Magda lloró, pero siguió empujándolo hacia su interior, logrando que él se sintiera débil por comparación. Apoyó la frente en la de ella y la besó con delicadeza. Podía sentir el salado sabor de sus lágrimas.

–Ya ha pasado lo peor, querida –dijo con dulzura–. Ahora intenta relajarte. Deja que me mueva y te sentirás mejor. Lo prometo.

Magda se sentía un poco mareada por el dolor, pero algo en ella se derritió al escuchar las dulces palabras de Nic. Algo que había enterrado hacía mucho y que volvía a recuperar la vida. Se sentía como un guerrero y quiso enfrentarse al dolor con aquel hombre. Lo besó en el hombro como para indicarle que confiaba en él. No podía hablar.

Lentamente, sintió que sus músculos se adaptaban a él, relajándose y acomodándolo. Él la penetró un poco más hasta que Magda notó, asombrada, que sus pelvis estaban en contacto. El dolor había sido reemplazado por sensaciones, por un cosquilleo en las terminaciones nerviosas.

Nic empezó a retroceder y ella lo asió con fuerza. Él la besó y dijo:

–No, cariño, déjame hacer. Suelta.

Ella obedeció y él siguió retrocediendo lentamente, al mismo ritmo que Magda sentía que se multiplicaban las sensaciones que sentía en el vientre. Cuando casi había salido, Nic volvió a entrar, en aquella ocasión con mucha más facilidad.

Magda meció las caderas a una velocidad creciente hasta que Nic masculló:

–Para, Magda. Ya me está costando bastante... No voy a durar...

Ella se detuvo, admirando su fuerza y su tamaño, y la delicadeza con la que estaba actuando. Permaneció lo más quieta que pudo, pero en su interior iba aumentando una pulsante sensación que borraba el dolor para convertirlo en puro placer; un placer de una naturaleza distinta a cualquier otro que hubiera experimentado. Clavando los talones en la tierra, a la altura de los muslos de Nic, se movió imperceptiblemente y al instante él respondió con vaivenes cada vez más amplios y rápidos. Magda sintió la sangre fluir por sus venas; tenía el corazón a cien y sabía que buscaba algo ansiosamente sin saber de qué se trataba.

Notó la mano de Nic entre ellos, justo en el punto en el que él entraba y salía de ella con imparable precisión, adentrándose más y más con cada arremetida.

Magda le rodeó las caderas con las piernas para sentir su penetración más profundamente, justo en el momento en el que él encontró con el pulgar su sensible clítoris y lo acarició. Un placer explosivo estalló en el interior de Magda, radiando desde ese punto al resto de su ser. Una gigantesca ola la alcanzó, haciéndola removerse, sacudirse frenéticamente bajo Nic, a la vez que de su garganta brotaba un prolongado gemido.

Entonces él se quedó en tensión una fracción de segundo, con todos los músculos inmóviles mientras Magda lo sentía palpitante en su interior. Y de pronto volvió a acelerar y estalló a su vez, cayendo finalmente sobre ella, exhausto.

Magda se abrazó a él y supo en aquel instante que lo amaba. Que siempre lo había amado y que entregarse tal como acababa de hacer la convertía en suya para siempre. Aunque acabara rompiéndole el corazón en mil pedazos.

Magda apenas fue consciente del viaje de vuelta, bajo la luz de la luna. Iba montada delante de Nic, cobijada en sus brazos, mientras este tiraba de las riendas del otro caballo y con el otro brazo le rodeaba la cintura. Magda se sentía aletargada y descansaba la cabeza en el pecho de Nic.

A Nic, tener a Magda tan cerca le resultaba deliciosamente excitante. Nunca había sentido una explosión de placer tan violenta como la que acababa de experimentar. Y le bastaba con recordar la sensación de adentrarse en su ajustado cobijo para sentir que su libido se disparaba.

En su mente bullían los pensamientos, pero uno se imponía a los demás: Magda era virgen. Se había entregado a él con una pasión y una generosidad que no recordaba haber percibido en ninguna otra mujer. Nunca olvidaría su mirada de total confianza aun en medio del dolor.

Temía estar perdiendo el control, pero aun así ni podía ni quería dejar de asir a Magda con fuerza, o tratar de evitar el vivificante hormigueo que sentía al percibir su aliento en la piel.

Magda solo recuperó la conciencia plenamente cuando Nic la subió en brazos por las escaleras. Reinaba un silencio absoluto. Magda alzó la mirada hacia Nic e instintivamente, le puso la mano en la mejilla. Luego oyó una puerta golpear la pared y vio que entraban en una habitación suavemente iluminada y muy masculina. El dormitorio de Nic. Una vez más, Magda notó que su sentido común intentaba abrirse paso en la niebla de su mente, pero estaba en una burbuja que no quería que estallara.

Nic la dejó sentada en la cama y se agachó frente a ella.

–¿Estás dolorida?

Magda se sintió absurdamente avergonzada y se ruborizó.

–Solo un poco.

Le bastaba con mirarlo para que se le acelerara la sangre y su deseo se avivara.

–Dame un minuto y te haré sentir mejor –dijo él. Y tras darle un beso, fue al cuarto de baño.

Magda lo observó y se le dilató el pecho. Pequeños retazos de realidad la asaltaron, pero ella los ahuyentó.

Nic volvió al poco tiempo y, tras quitarse la camisa, fue hasta ella y la tomó en brazos. Magda se cobijó contra su pecho, sintiéndose segura y protegida.

El cuarto de baño se había llenado de vapor y se oía la ducha. Nic la dejó en el suelo y a Magda le sorprendió descubrir hasta qué punto le temblaban las piernas. Luego él empezó a quitarle el vestido, que se había manchado de tierra. A medida que lo deslizaba hacia el suelo, la devoraba con la mirada. Alzó las manos y cubrió sus pálidos senos, cuyos pezones se endurecieron al instante.

Nic bajó las manos bruscamente y masculló:

–No puedo dejar de tocarte.

Magda le tomó las manos y las posó sobre sus senos.

–No pares. Me gusta.

Los ojos de Nic la quemaron y el leve temblor que percibió en sus manos la enterneció.

–No, si empiezo... –dijo él. Y volvió a bajar las manos.

Después de quitarle el vestido por los pies y acabar de desvestirse, la guió hasta el poderoso caño de la ducha. Magda echó la cabeza hacia atrás para dejar correr el agua sobre su cuerpo, y ronroneó al sentir que Nic empezaba a enjabonarla.

Para cuando acabó, ella estaba apoyada contra la pared, suplicándole que parara. Con expresión de un primario deseo estampado en el rostro, Nic le pasó el jabón.

–Ahora te toca a ti.

Magda lo tomó y empezó a enjabonarlo. Nic apoyó las manos a ambos lados de su cabeza, atrapándola y formando una cueva en la que le entregaba su cuerpo. Magda abrió los ojos a medida que pasaba el jabón por sus hombros y su pecho, y cuando llegó a su vientre y vio su sexo, orgulloso y erecto, brillaron de satisfacción. Fascinada, se lo rodeó con la mano enjabonada y él contuvo el aliento. Era como acero envuelto en seda.

Luego le ordenó darse la vuelta.

–¿Estás segura de que no quieres seguir? –bromeó Nic. Pero obedeció.

Magda alzó las manos hacia su cuello, pero se quedó paralizada al ver las marcas blancas que cruzaban sus poderosos músculos y que le recorrían la espalda desde el cuello hasta la cintura.

Como si acabara de darse cuenta de lo que estaba mirando, Nic se volvió súbitamente.

–¿Qué son esas marcas? –preguntó ella, horrorizada.

Él la miró fijamente y en lugar de contestar, cerró el grifo. Salió de la ducha, se puso una toalla a la cintura y le pasó otra, que Magda tomó en silencio con un escalofrío.

Se frotó el cabello con energía y, enrollándosela bajo los hombros, siguió a Nic. Él estaba mirando por la ventana, con los brazos cruzados. Magda se quedó parada, consciente de que se movía en un terreno desconocido.

–¿Nic?

Podía percibir la tensión de sus hombros. Las cicatrices destacaban aún más que hacía unos minutos. Un recuerdo acudió a su mente como un fogonazo, cuando, ocho años atrás, los hombres del padre de Nic habían tenido que pegarle para que los acompañara.

Magda se obligó a ir hasta él y, mirándolo de frente, dijo:

–Sucedió aquel día, ¿verdad? Aquellos hombres te pegaron…

Nic miraba por encima de la cabeza de Magda, con la mandíbula apretada, en tensión. Ella sintió que se le rompía el corazón.

–¿Acaso te importa? –preguntó él con frialdad.

La pasión había desaparecido. De su cuerpo solo emanaba animadversión, rechazo. Exactamente igual que el día en el que Magda había vuelto a verlo… y no había podido ocultar su espanto.

–Solo… Solo quiero saber qué pasó…

Nic la miró. Sus ojos eran dos cubos de hielo que helaron a Magda.

–¿De verdad quieres que te cuente los sórdidos detalles? –preguntó él, enarcando una ceja en un gesto despectivo.

Capítulo 9

MAGDA asintió con el corazón palpitante. Dudaba que fueran más sórdidos que los que había descubierto ella.

Con gesto imperturbable, Nic comenzó:

–Los hombres de mi padre me trajeron y le explicaron con quién me habían encontrado y lo que hacíamos. Nunca le había visto tan furioso. Me sacó al patio y mientras los hombres me sujetaban, me dio de latigazos.

Magda lo miró, aunque en su mente lo veía como cuando se encontraron al día siguiente, antes de que se volviera frío y cruel. Estaba pálido. Pero había acudido a verla a pesar del dolor. ¿Quizá las crueles palabras que le había dedicado no eran más que fruto de la rabia? De ser así… Magda prefirió no albergar vanas esperanzas.

Nic continuó:

–Con el tiempo me he dado cuenta de por qué le perturbó tanto que pudiera hacer el amor con la hija de su antigua amante; pero entonces no lo sabía –al ver que Magda se estremecía, añadió despectivamente–: No hace falta que finjas, Magda. Suponía que te gustaría saber el melodrama que inspiraron nuestras acciones. ¿No era eso lo que buscabas para aliviar tu aburrimiento?

«¡Melodrama! ¡Aburrimiento!», estuvo a punto de gritar Magda. Nic no tenía ni idea de lo que le hacía sentir saber que le habían dado una paliza por ella. Se llevó la mano a la boca, corrió al cuarto de baño y llegó justo a tiempo de devolver. Cuando sintió a su espalda la presencia de Nic, dijo, débilmente:

–Por favor, déjame sola.

–No, permite que te ayude –dijo él con más firmeza que amabilidad.

Sin dar tiempo a que Magda protestara, le humedeció el rostro con un paño y le dio un cepillo con pasta de dientes. Luego le tomó la mano y la llevó al dormitorio, donde ella se soltó para sentarse en el borde de la cama.

Nic la observó con curiosidad.

–Magdalena Vázquez, eres todo un enigma. Quisiste reírte de mí hace años y cuando te cuento lo que pasó, te pones enferma.

Magda sabía que estaba pensando en lo que ella le había dicho entonces y quiso que supiera que no era verdad.

–Jamás quise reírme de ti ni humillarte –dijo con voz ronca–. Juro por lo más sagrado que nunca tuve ningún plan. Cuando me seguiste aquel primer día, me sentía aterrorizada y… exultante. Te deseaba, y jamás me planteé seducirte como una diversión –con un hilo de voz, añadió–: Aquella semana… lo fue todo para mí.

Nic la tomó por los brazos para levantarla.

–No intentes rescribir la historia, Magda –dijo, entre dientes–. Me sedujiste para divertirte. Aquella semana fue para ti un puro entretenimiento.

Magda sacudió la cabeza. Como en el pasado, sintió que no podía contarle toda la verdad. Tendría que omitir algunos detalles

–No… Quería volver a verte. Cuando me llevaron a casa, mi madre estaba lívida. Tuvimos una espantosa pelea y me contó lo de la relación con tu padre… Mi padre nos oyó… –tomando aire, siguió–: Cuando te vi al día siguiente, no fui capaz de hablarte del asunto. Estaba avergonzada y aterrorizada de que nos descubrieran. Y para que te fueras, me inventé todo aquello, pero no era verdad…

Magda nunca se había sentido tan desnuda. Desvió la mirada por temor a que él supiera que había una verdad aún más terrible. Él le alzó la barbilla y escudriñó su rostro.

–Hasta que tu padre vino varias semanas después y nos contó lo de la relación entre mi padre y tu madre, creí que os habíais ido para huir de mí.

Magda sacudió la cabeza. Pensar en la interpretación que Nic había dado a los sucesos le produjo un dolor en el pecho. De nuevo sintió náuseas, y se preguntó si Nic conocería el oscuro secreto que ella había acarreado todos aquellos años.

–¿Qué les dijo mi padre a tus padres? –preguntó con cautela.

Nic se pasó una mano por el cabello con impaciencia.

–Quería hablar con mi madre –dijo con una amarga sonrisa–. Solo recuerdo que la encontré histérica. Tuve que llamar al médico para que la sedara. Al cabo de unos días, se tomó una sobredosis de pastillas y dejó una nota a mi padre diciéndole que lo sabía todo. Su suicidio reavivó el odio entre las dos familias. La furia que sintió mi padre le provocó un ataque al corazón…

Magda sintió un nudo en el estómago. No parecía que la madre de Nic le hubiera contado todo. Quizá aunque su padre se lo hubiera contado a ella, había sido demasiado espantoso para asimilarlo. Magda no pudo contenerse y alargó la mano para tocarle el brazo.

–Lo siento.

Nic sonrió con amargura.

–Mi madre nunca fue particularmente estable. No hizo falta mucho para empujarla al abismo.

Magda sintió que pisaba un terreno muy sensible.

–Debe de haber sido difícil crecer con tanta… inestabilidad.

Nic se rio con sarcasmo y retiró el brazo para soltarse de Magda.

–Ni que lo digas. O mi padre estaba intentando robustecer a su debilucho hijo, o mi madre lloraba por los rincones.

A Magda se le encogió el corazón.

–Pero demostraste a tu padre que se equivocaba.

Una sombra cruzó el rostro de Nic.

–Nada era suficiente para él –dijo, haciendo una mueca–. Nunca me respetó.

Magda sintió que se le llenaban los ojos de lágrimas. No sabía que Nic hubiera sufrido la violencia física de su padre. Nic debió de ver sus húmedos ojos porque se acercó precipitadamente y la abrazó. Ella tenía un nudo en la garganta y Nic dijo con fiereza:

–Es hora de que dejemos de hablar y recordemos qué hacemos aquí ahora…

Y sin esperar respuesta, la besó con determinación

como si intentara hacerle olvidar las lágrimas que corrían por sus mejillas. Ella cedió finalmente y se aferró a su cuello con la misma fuerza que el dolor que sentía en el pecho y que no cesó aun cuando su llanto se transformó en gemidos de placer.

Cuando Magda se despertó a la mañana siguiente, tardó en recordar dónde estaba y qué había sucedido. El cuerpo le dolía placenteramente y sentía la entrepierna sensible y levemente escocida.

El vestido, la cena, el manzanal... el dormitorio de Nic. Abrió los ojos y miró a su alrededor. No estaba en el dormitorio de Nic. Él debía de haberla devuelto al suyo cuando, ya al amanecer, se había quedado dormida.

Al instante le intranquilizó pensar que Nic había estado ansioso por perderla de vista y Magda supo por qué: se arrepentía de haberse abierto a ella, de haberle contado lo que había sufrido. Y pensar en él, el día en que había vuelto al manzanal con la espalda marcada a latigazos, hizo que el llanto volviera a amenazarla.

Una llamada a la puerta la sobresaltó. Parpadeó con fuerza por temor a que fuera Nic y la viera tan emocionada. Pero se trataba de la doncella que la había acompañado el día anterior, que acudía con el desayuno.

Magda se incorporó y la muchacha dejó la bandeja en una mesa y dijo:

–El señor De Rojas dice que la verá esta tarde en su casa.

El contrato.

Magda sintió un nudo en el estómago. Dio las gracias a la chica y en cuanto esta se fue, Magda se envolvió en una toalla y fue a la ventana. La vista del viñedo con las cumbres nevadas de los Andes en el horizonte era espectacular.

Entonces vio a Nic entre las hileras de las viñas e, instintivamente, retrocedió de un salto. En ese momento él miró en su dirección y ella se agachó, sintiéndose ridícula y humillada.

Nic ni siquiera se molestaba en decírselo en persona. Había conseguido tenerla donde quería para poder rechazarla y así vengarse de lo sucedido años atrás. No sentía nada por ella.

Nic se maldijo por mirar hacia la ventana con la esperanza de atisbar a Magda. La noche anterior había estado profundamente dormida cuando la dejó en su cama, con la pálida piel marcada por pequeños hematomas fruto de la pasión del sexo.

Solo recordarlo le endurecía el miembro. Masculló entre dientes y, tras arrancar una uva, la mordió con rabia. Eduardo, su enólogo, lo observaba.

–En un par de días podemos recogerlas. Luego revisaremos el resto –dijo, ansioso por quedarse a solas.

Eduardo captó el mensaje y se fue mientras Nic suspiraba aliviado. Estaba confuso, inquieto. Magda era la primera mujer a la que había abrazado como si no quisiera soltarla nunca. Por eso mismo había decidido devolverla a su dormitorio. También, al contrario que con otras mujeres, la deseaba aún más después de haberse acostado con ella.

La noche anterior, aunque había sentido pánico al darse cuenta de adónde se dirigían, tenía que admitir que también él había ansiado salir del escenario formal que él mismo había preparado.

Cuando la había visto en el manzanal, aunque en parte había sido aterrador, había sentido que aquel era el lugar lógico en el que debían encontrarse. Y al descubrir que era virgen…

Magda era suya, solo suya.

No se dio cuenta de que tenía la mano llena de uvas hasta que notó su jugo deslizársele entre los dedos. Se miró la mano y vio que temblaba. Recordó las lágrimas de Magda cuando le habló de sus padres; la facilidad con la que le hacía sentirse comprendido… Exactamente igual que antes… El pasado y el presente se mezclaban peligrosamente.

Acostarse con Magda debía haber sido algo aséptico, pero se había convertido en la prueba de lo peligrosa que era, de lo fácil que le resultaba que le diera información. Igual que entonces.

Incluso le costaba asimilar lo que ella le había contado porque le añadía una nueva perspectiva a todo.

Por un instante sintió pánico, una emoción que le era completamente ajena. Y entonces recordó el contrato y respiró profundamente. El contrato marcaría los límites que la noche anterior había desdibujado.

Magda actuaba aturdida, como anestesiada. Solo así conseguía bloquear las imágenes de la noche.

La casa estaba muy vacía sin Hernán y María. Había hablado con él y María tenía que ser operada, así que pasarían más tiempo fuera de lo que habían calculado.

Sintiéndose desasosegada e inquieta por la previsible visita de Nic con el contrato, Magda fue a las bodegas para empezar a hacer un inventario. Estaba segura de que Nic esperaría que lo tuviera todo listo para cuando hiciera la inversión.

Ni siquiera eso la animaba. Solo sentía indiferencia, hastío.

Para justificar lo que sentía cada vez que se recordaba en brazos de Nic, se dijo que solo se debía a que había sido su primer amante. Lo apartó de su pensamiento con determinación y se concentró en tomar notas, hasta que se dio cuenta de que no sabía cuánto tiempo había pasado y que le dolía el cuello de agacharse para leer las etiquetas de las botellas. Había tenido la esperanza de encontrar una vieja joya oculta, pero no fue tan afortunada.

De pronto oyó una voz familiar que la llamaba en tono desabrido, y por un instante, Magda tuvo la tentación de esconderse. Pero irguiéndose, se cuadró de hombros y gritó:

–Estoy aquí abajo.

Nic bajó, con una camisa holgada y vaqueros, y el cabello despeinado, tan guapo que Magda sintió un cosquilleo en la parte baja del vientre.

Con paso decidido y ojos centelleantes fue hasta ella y dijo:

–¿Cómo demonios se puede dar contigo? ¿Por qué no llevas un móvil?

Magda se enfadó consigo misma por sentirse al borde de las lágrimas.

–Ahora ya me has encontrado –dijo con aspereza.

Nic pareció adoptar una actitud menos severa.

–He recorrido toda la propiedad buscándote. ¿Y si te hubieras caído y te hubieras hecho un esguince o…? –se calló y soltó un juramento–. Necesito saber dónde estás.

Esas últimas palabras hicieron que el corazón de Magda diera un salto de alegría, pero ella misma se ocupó de apartar cualquier esperanza de importar a Nic.

–No finjas que te preocupo, Nic –dijo, retrocediendo unos pasos–. Lo que pasa es que no te gusta perder tiempo buscando a tus socios. ¿Has traído el contrato?

Magda creyó percibir que Nic palidecía, pero supuso que solo eran imaginaciones suyas.

–Sí –dijo él tras un breve silencio–. Está en el despacho de tu padre.

Magda lo precedió y Nic aprovechó los siguientes minutos para recuperar el control. Su supuesta calma había desaparecido por completo cuando había llegado a la propiedad y no había localizado a Magda por ninguna parte. Imaginarla tendida, inválida, en medio del campo, le había causado pánico. Y al encontrarla había sentido un alivio indescriptible.

Para cuando llegaron al despacho del padre de Magda, sentía que había recuperado de nuevo las riendas de la situación. Ella tomó el documento que había sobre el escritorio y lo ojeó. Luego alzó una mirada de indiferencia hacia Nic que despertó la ira de este a la vez que le bombeaba la sangre a la ingle. Habría dado lo que hubiera sido por volver a verla abandonada, entregada a él. En aquel mismo instante.

–Hernán va a tardar en volver unos días. Esperaré a que revise esto conmigo.

Al observar que Magda tragaba con dificultad y que se sonrojaba, Nic se alegró de que estuviera más nerviosa de lo que aparentaba.

–He sabido lo de María. El médico me ha dicho que la operación es sencilla y que no espera complicaciones.

–Me alegro mucho… pero no quiero molestar a Hernán por ahora.

Nic experimentó de nuevo un peculiar alivio, como si acabara de ser indultado. En el fondo odiaba aquel contrato. Lo único que quería era a Magda.

A esta no le gustó la forma en que él la miraba a la vez que se aproximaba al escritorio. Nic apoyó la mano en él y con voz ronca, dijo:

–Me parece bien, pero hasta que se firme el acuerdo esto no ha terminado.

–¿A qué te refieres? –preguntó ella, en guardia.

Él rodeó el escritorio, tiró de Magda para que se pusiera en pie y la abrazó a la vez que decía:

–A esto.

Magda intentó en vano que la soltara, golpeándole con los puños, pero Nic empezó a besarle delicadamente la línea del mentón y el cuello, y sus protestas se fueron debilitando.

Nic la tomó en brazos y preguntó:

–¿Dónde está tu dormitorio?

Magda, con el corazón desbocado y la respiración

agitada, era consciente de que había mil razones para resistirse, y sin embargo, había algo mágico e irreal en aquel instante; una liviandad que hasta entonces no se había dado entre ellos.

–Arriba. La segunda puerta a la derecha.

La mirada que Nic le dirigió hizo sentir a Magda que flotaba, al mismo tiempo que se odiaba por ser tan débil.

Cuando llegaron al dormitorio, la realidad dejó de existir para convertirse en puro presente. Mientras no firmara el contrato, era una mujer libre en lugar de estar subordinada a Nic de Rojas.

Nic empezó a abrirle la camisa y ella hizo lo mismo con la de él. Ambos las dejaron caer al suelo, y él le soltó el cabello, pasando los dedos delicadamente por su melena y luego masajeándole la nuca y obligándola a mirarlo.

–No... Esto no ha terminado –dijo él, con una ternura que hizo estremecer a Magda.

Y mientras la besaba apasionadamente, le desabrochó el sujetador, que dejó caer al suelo. Luego cubrió sus firmes senos, pellizcándole los pezones hasta hacer gemir a Magda. Entonces separó su boca de la de ella y, elevándole un pecho, rodeó el pezón con sus labios al tiempo que la sujetaba por la espalda y ella hundía los dedos en su cabello.

Cuando la echó en la cama y le desabrochó los vaqueros, ella alzó las caderas para que se los quitara. Les siguieron las bragas. Pero Magda no tuvo tiempo de que le entrara la timidez porque estaba demasiado ansiosa por ver a Nic desnudo.

Un suave suspiro escapó de su garganta cuando él

se colocó entre sus piernas y con los dedos, le acarició su punto más sensible. Cualquier resquicio de pensamiento racional la abandonó. Para cuando Nic se puso un preservativo y se adentró en su húmedo y cálido interior, Magda decidió que se enfrentaría a las dolorosas consecuencias de prolongar aquel placer cuando pudiera.

Cuando se despertó muchas horas más tarde, era de noche. Estaba sola en la cama y sintió frío en cuanto recordó lo que había pasado. Acostarse con Nic cada vez que lo veía no había sido parte del plan original… Pero todavía no habían firmado el contrato y ya se enfrentaría a la realidad cuando firmaran.

Se tensó al oír un ruido procedente del piso inferior. Se levantó, se vistió precipitadamente y se alisó el cabello con las manos.

Al acercarse a la puerta de la cocina, oyó que alguien silbaba, y cuando se asomó por la ranura, se quedó boquiabierta. Nic estaba haciendo tortitas.

En cuanto se dio cuenta de la presencia de Magda, dejó de silbar.

–¿Cómo te gustan, con chocolate o con fresas?

Magda lo miró como si fuera un marciano.

–¿De dónde has sacado los ingredientes?

–He ido de compras –dijo él.

–¿Cuándo? –Magda abrió los ojos desmesuradamente–. ¿Qué hora es?

Nic miró su reloj.

–Las nueve. Has dormido unas cuatro horas.

–Deberías haberme despertado –dijo ella, desviando la mirada para que no viera en ella lo aliviada que estaba de que no se hubiera ido.

–Me ha dado lástima –dijo Nic. Y se reservó explicarle lo que le había costado resistir la tentación de besar sus voluptuosos e hinchados labios, y apretarla contra su endurecido cuerpo.

Al bajar a la cocina y descubrir lo mal provista que estaba, había sentido lástima y, por primera vez en años, había ido a comprar. Y entre tanto, había descubierto que hacía tiempo que no se sentía tan bien.

Se había dicho que, puesto que no habían firmado el contrato, podían continuar el affaire, y con ello, esperar a saciarse de ella, como le sucedía con todas las demás. Pero no había logrado engañarse. Su deseo hacia Magda crecía exponencialmente y el aroma a sexo que flotaba en el aire era más intenso que el perfume más embriagador. Súbitamente, quiso retirar todos los ingredientes de la encimera y poseer a Magda allí mismo.

Ella se sentó en un taburete y lo observó mientras preparaba las tortitas. Había hecho unas seis.

–¿Tenemos invitados? –bromeó.

Él sonrió con picardía.

–Preparaba cientos cuando trabajé un verano en los viñedos en Francia mientras hacía el máster en Vino.

Magda sacudió la cabeza.

–Tuviste mucho mérito. Tu padre debió de sentirse muy orgulloso de que… –al ver la cara que ponía Nic, Magda se calló.

–Murió después de que me dieran los resultados. No pareció impresionarle –dijo él. Y en un tono completamente distinto, añadió, alzando dos jarras alternativamente–: ¿Nata y fresas, o chocolate?

Magda se sorprendió teniendo una imagen erótica de Nic dejando caer unas gotas de chocolate en sus pezones y luego succionándolos, y se ruborizó.

–Nata y fresas –dijo, aturullada.

Como si le hubiera leído el pensamiento, Nic le dedicó una sonrisa maliciosa y dejó la jarra de chocolate en la mesa.

–Luego pasaremos al chocolate –dijo.

Y le dio una copa de vino espumoso que Magda probó, dejando que su efervescencia nublara la realidad de saber que aquella felicidad era transitoria.

«Nic, ¿qué estamos haciendo?».

Nic cerró los ojos para bloquear el recuerdo de la voz de Magda hacía un rato. Se había puesto los pantalones y la camisa, y al volverse, ella lo miraba desde la cama, incorporada sobre los codos, despeinada y deliciosamente sexy. La sábana apenas ocultaba la curva de sus senos, y el cuerpo de Nic había vuelto a vibrar con un renovado y violento deseo.

Habían pasado tres días con sus tres apasionadas noches. Había acudido a Vázquez a diario, en teoría para hablar de planes de futuro, pero en cada una de las ocasiones habían acabado en la cama. El deseo que los devoraba era insaciable.

Nic golpeó el volante con la mano.

Magda se había convertido en una obsesión, le corría por las venas, ocupaba un lugar del que quería que se fuera y al que no se había aproximado ninguna otra mujer. Desde la semana en el manzanal, en la que se había mostrado más vulnerable que en toda su vida, había cerrado su corazón a los sentimientos.

Sin embargo, sabía que tenía que revisar lo ocurrido hacía ocho años. Magda había sido inocente y ni siquiera sabía el poder que tenía. Sus palabras lo habían destrozado. La vehemencia con la que las había expresado y la repugnancia con la que había reaccionado a su tacto, seguían vivas en su mente. Pero tenía que admitir que podía haberse tratado de una reacción histérica a lo que su madre le había contado.

Sus palabras volvieron a resonar en sus oídos. «Nic, ¿qué estamos haciendo?».

Él se había acercado a la cama y le había dado un prolongado beso en los labios. Cuando su corazón se había acelerado y sabía que estaba alcanzando un punto sin retorno, la soltó y retrocediendo, dijo:

–Esto es lo que vamos a hacer hasta que firmemos el contrato.

Ella se había tensado y había tirado de la sábana.

–¿Y luego se acabó? ¿Sin más?

Nic había mirado sus grandes ojos verdes y había visto algo en ellos que le había inquietado: una imagen de sí mismo haciendo el ridículo. Y ese era un escenario al que no quería volver.

–No puede ser nada más… –había dicho, a pesar de tener la garganta atenazada–. Al menos, si quieres que invierta en tu propiedad.

Magda había palidecido, pero luego lo había mirado con frialdad antes de decir:

–Solo quería asegurarme de que no había ninguna confusión.

Su indiferencia había enfurecido a Nic, que se había agachado para besarla y solo se había dado por satisfecho cuando emitió un gemido que le indicó que había perdido el control.

–Volveré más tarde para tratar algunos detalles –dijo, incorporándose.

–Voy a ver a María esta tarde –declaró Magda, desafiante–. Han adelantado su operación.

–Entonces vendré a recogerte e iremos juntos –contestó él entre dientes–, después de que repasemos algunos detalles.

Nic era consciente de que una vez que María fuera operada y se estuviera recuperando, Hernán volvería a Villarosa, revisaría el contrato y Magda lo firmaría. La tregua habría llegado a su fin.

Porque Magdalena Vázquez estaba unida a demasiadas emociones y recuerdos, y entre ellos no podía haber nada más que un vínculo profesional.

Capítulo 10

MAGDA notó vibrar en el bolsillo el teléfono que Nic le había dado y lo sacó frunciendo el ceño.

–¿Dónde estás? –dijo Nic en tono autoritario.

Magda sintió que se derretía, pero apretó los dientes.

–En la bodega –contestó. Y apagó con dedos temblorosos sin tan siquiera despedirse.

Estaba alterada desde por la mañana, cuando Nic había expresado tan abiertamente que aquella relación acababa con la firma del contrato. Por más que supiera que por su propio bien debía estar agradecida y que tenían demasiada historia y conflictos en su pasado personal y familiar, no podía evitar sentir una profunda desilusión.

Suspiró y casi al mismo tiempo dio un salto, sobresaltándose al oír:

–Ten cuidado no vayas a caerte en un barril.

Magda se volvió y vio a Nic subiendo por la rampa de acceso a los barriles. Estaba tan concentrada que no le había oído llegar. Desvió la mirada para que no pudiera ver en su rostro lo turbada que estaba.

–Una vez me caí… Tenía unos nueve años.

–¿Cómo pasó? –preguntó Nic.

–Estaba jugando al escondite con Álvaro, mi hermano –dijo Magda, esbozando una sonrisa–. Hernán estaba trabajando y yo, que estaba fascinada con las cubetas llenas de uva, me asomé demasiado y me caí. Por suerte, Hernán me pescó al instante.

Magda se llevó la mano al cabello y miró a Nic.

–Me sujetó por el pelo. Y yo me disguste más por el dolor que por haber estado a punto de ahogarme –dejó caer la mano–. Hernán me trajo a casa y él y María me limpiaron y nunca se lo dijeron a mis padres –Magda se estremeció–. De haberse enterado, mi padre me habría encerrado en mi cuarto una semana sin comer.

–¿Solía hacer eso a menudo? –preguntó Nic en tono crispado.

Magda se encogió de hombros y se entretuvo arañando un barril.

–A veces…, cuando se enfadaba. Se hizo más habitual después de que Álvaro muriera. Le enfurecía tener una hija inútil a la que no podría donar su legado.

Al darse cuenta de que había estado hablando sin pensar lo que decía, cambió bruscamente de tema.

–Estos barriles necesitan una restauración.

Cuando Nic tardó en contestar, lo miró.

–Podemos sustituirlos por unos de acero –dijo Nic–. Todo depende de lo que quieras.

Magda lo siguió al nivel del suelo y pasaron la siguiente hora comentando las ventajas e inconvenientes de poner en marcha el equipamiento que quedaba o sustituirlo por una nueva tecnología.

Para cuando fueron a ver a María, Magda se encontraba más relajada, pero volvió a inquietarse en cuanto vio cuánto se preocupaba Nic por ella, y el empeño que ponía en que recibiera la mejor atención posible.

Apenas habló en el viaje de vuelta, que iniciaron tras dejar a Hernán, agobiado pero optimista, junto a María.

–¿Por qué cambió de idea tu padre? –preguntó súbitamente Nic, sobresaltándola.

–¿Sobre qué? –preguntó ella, distraída.

–Os había repudiado a ti y a tu madre. ¿Por qué al final te lo dejó todo?

Magda se tensó. El recuerdo de aquella espantosa tarde y de lo que había descubierto la dejó muda.

–Para el coche –dijo súbitamente.

Nic detuvo el vehículo en el arcén y ella bajó tambaleante.

Él la siguió y le tocó el hombro.

–Magda, ¿qué sucede?

Ella lo miró con ojos desorbitados y se separó de él con brusquedad. Nic tuvo la sensación de haber vivido aquel instante: la mirada de Magda, la expresión de horror al tocarla…

–Hay algo que no te he dicho –dijo ella finalmente en tono abatido, como si le costara hablar–. Algo que pasó aquella tarde y que no sabes.

Nic sintió una opresión en el pecho.

–¿A qué te refieres? –al ver que Magda titubeaba y se alejaba de él, fue hasta ella e insistió–: Cuéntamelo, Magda.

Ella todavía se resistió.

–Al principio no te lo dije porque no podía... Luego porque no quería que te envenenara como me envenenó a mí.

Nic sacudió la cabeza en total confusión.

–Magda, no nos vamos a ir hasta que me lo cuentes.

Magda miró a su alrededor. Se sintió débil y fue a sentarse.

–No te he contado todo lo que pasó aquella tarde –empezó, titubeante–. Es cierto que cuando llegué, mi madre estaba lívida. Me dijo que no debía volver a verte y yo le contesté que no podía impedírmelo –tomó aire–. Quería seguir viéndote... Pero entonces me habló de su relación con tu padre; yo insistí en que no tenía nada que ver con nosotros y fui a marcharme. Entonces me contó algo más.

Mirando fijamente a Nic, le repitió las palabras de su madre.

–Por eso no podía volver a verte –concluyó–. Y mi padre oyó toda la conversación.

Nic sintió náuseas, y solo las dominó con un extraordinario esfuerzo. Magda se puso en pie al ver el horror reflejado en su rostro.

–Cuando llegamos a Buenos Aires, le exigí a mi madre que consiguiera una prueba de ADN de mi padre. El accedió a cambio de no darle nada en el acuerdo de divorcio. La prueba indicó que era su hija. Pero para entonces era demasiado tarde para decírtelo. Habían pasado demasiadas cosas y yo seguía traumatizada por la posibilidad de que hubiera sido cierto

–Magda se estremeció–. Escribí a mi padre, pero no supe nada de él hasta justo antes de su muerte.

–¡Dios mío, Magda! –dijo Nic, pasándose la mano por el cabello con la mirada perdida.

Ella se mordió el labio inferior con tanta fuerza que se hizo sangre.

–Aquella tarde… ni siquiera fui consciente de volver al manzanal, por eso reaccioné como lo hice cuando te vi. ¿Cómo iba a decirte lo que mi madre me había contado? Era demasiado espantoso.

–Tu padre debió de decírselo a mi madre –repuso Nic con amargura–. Por eso tomó una decisión tan dramática.

–Sospecho que sí. Lo siento mucho.

–¡Por Dios, Magda, tú no tuviste la culpa!

El tono áspero de Nic hizo estremecer a Magda. Un temblor le empezó en las piernas y se apoderó de todo su cuerpo.

–Lo siento. No debería habértelo dicho.

Magda oyó maldecir a Nic y luego, él se volvió hacia ella y la abrazó con fuerza hasta que los temblores se transformaron en un suave estremecimiento. Entonces él le masajeó la espalda y le pasó la mano por el cabello, como si fuera un potro que necesitara calmarse.

Al cabo de un rato, retrocedió, posó las manos en sus hombros y dijo:

–Me alegro de que me lo hayas contado.

Magda asintió con la cabeza, y Nic la tomó de la mano, la llevó al todoterreno, la ayudó a subir como si fuera una niña, y le ató el cinturón de seguridad. Magda se sentía ausente, abstraída.

Con el rostro ensombrecido, Nic se puso tras el volante. Cuando ella se dio cuenta de que se saltaba el desvío a su hacienda, preguntó:

–¿Dónde me llevas?

–A mi casa –Nic la miró–. Esta noche duermes conmigo.

Magda sintió que empezaba a despertar. Algo había cambiado entre ellos. Cuando Nic la había tocado hacía un rato había habido algo de platónico en su tacto, y Magda se preguntó si, aunque finalmente no hubiera sido verdad, la mera posibilidad de lo que le había contado, habría apagado su deseo.

Al llegar, Nic la tomó de la mano y la llevó directamente hacia su dormitorio. Magda se sintió intranquila e insegura. En cuanto entraron, se soltó.

–¿Qué estamos haciendo aquí? –preguntó, avergonzándose de sí misma por desearlo tan violentamente.

Él se plantó delante de ella y dijo:

–Vamos a exorcizar nuestros demonios aquí y ahora.

A Magda se le aceleró el corazón.

–¿Qué quieres decir? ¿Cómo?

Él le tomó el rostro entre las manos y se pegó a ella para que pudiera sentir su sexo endureciéndose.

–Así –dijo.

Y la besó de una manera que hizo recordar a Magda el primer beso que se habían dado, de manera que el pasado y el presente se fundieron en uno. Igual que entonces, Nic la ayudó a echarse, solo que en una cama. Luego, le abrió la camisa y le bajó la copa de encaje del sujetador para desnudar sus senos. Magda se arqueó mecánicamente, rogándole en silencio que la tocara. Él la miró fijamente.

–Jamás he olvidado cómo sabías aquel día, la dulzura de tu piel, de tus senos… Podría haberme emborrachado con tu olor.

Magda hundió los dedos en su cabello y se incorporó para buscar su boca. Cada instante estaba impregnado del pasado, de la primera vez que se habían tocado.

Cuando superaron el momento en el que se habían visto forzados a detenerse, la ropa quedó en el suelo, en una pila informe. Nic se colocó entre sus piernas mientras le mordisqueaba un seno y con la otra mano le recorría el costado.

–Nic, por favor –suplicó ella, alzando las caderas.

Cambiando levemente de postura, Nic la penetró de un movimiento, y ella se quedó paralizada, mirándolo fijamente hasta que sus cuerpos quedaron unidos.

–No cierres los ojos –dijo él.

Aunque no lo hubiera dicho, Magda no habría podido separar los ojos de él mientras se movía rítmicamente, elevándolos a niveles crecientes de placer que los alejaban de la amargura del pasado.

El orgasmo en el que estalló Magda tuvo algo de sagrado, de espiritual; como si algo hubiera quedado purificado.

La mirada de Nic la quemaba, marcándose en su cuerpo a medida que el de Nic alcanzaba el éxtasis en un explosivo crescendo. Magda sintió el calor en su interior e instintivamente apretó los muslos en torno a las caderas de Nic.

Tras una prolongada suspensión, Nic se dejó caer, exhausto, sobre Magda, abrazándola con fuerza contra sí. Su último pensamiento antes de que lo atrapara el sueño fue lo maravilloso que había sido perderse en Magda sin barreras, y la fuerte presión con la que ella lo había mantenido dentro.

Magda se despertó y miró a Nic. Cuando dormía perdía la expresión de control que mantenía durante el día, y Magda anhelaba verlo alguna vez relajado, y oír su risa. Quizá lo haría con otras personas. Pero no con ella. Había habido un tiempo en el que era dulce y en su mirada había esperanza. Pero por su culpa, la dulzura y la esperanza habían sido reemplazadas por el cinismo. ¿Cómo iba a perdonarla si era la causa de esa transformación?

No quiso esperar a que se despertara y ver cómo reaccionaba Nic al encontrarla a su lado. Sabía que habían traspasado un límite. Que habían conseguido cerrar la puerta al pasado.

El contrato había retrasado lo inevitable, pero cuando se firmara, Nic la relegaría a la periferia de su vida.

Magda se sentía consumida por la culpabilidad. Se había acostado con Nic usando el contrato como excusa porque, de otra manera, él no se habría rebajado a seducirla.

Tenía que marcharse antes de olvidarlo y de empezar a desear y a anhelar que, quizá, en otro mundo, si no formaran parte de una historia familiar tan convulsa… todo podría haber sido diferente.

El hecho era que Nic había conseguido lo que más

ansiaba: la bodega Vázquez, y de paso había alcanzado una venganza personal.

Nic se despertó cuando el sol lucía en toda su plenitud y cerró los ojos de nuevo. Descubrir que estaba solo en la cama le produjo un sentimiento agridulce.

Lo último que recordaba era haber despertado durante la noche con Magda durmiendo dulcemente en sus brazos. Estaba excitado y listo, y ella había frotado su trasero contra él, pidiéndole que la tomara. La había penetrado por detrás, en una unión silenciosa e intensa.

Su mente se despertó bruscamente al recordar lo que le había contado Magda. Él había reaccionado de una manera primaria, como si haciendo el amor con ella pudiera borrar aquella sórdida historia. Cuando recordó lo que había sentido al clavar la mirada en sus ojos mientras hacían el amor, la cabeza le dio vueltas.

La revelación de Magda lo dejaba en un lugar difícil. Ya no tenía nada tras lo que ocultarse o en lo que justificar su comportamiento. Sabía que su reacción habría sido tan violenta como la de ella. Si su madre no le hubiera contado lo que le contó a ella, el encuentro en el manzanal habría sido muy distinto. Bloqueó ese pensamiento al instante al tiempo que se tensaba por entero.

Había cerrado el ciclo con Magda. Podía perdonarla y seguir adelante. Invertiría en su hacienda, la ayudaría hasta que fuera una empresa floreciente. Y eso sería todo. Plantearse cualquier otra posibilidad significaba replantearse la muralla defensiva de la que había dependido tanto tiempo para vivir. Desde que su madre volcara en él todas sus ansiedades y su padre lo maltratara. Y desde que pasara una semana con Magda y su corazón latiera por primera vez en la vida…

No había conocido el amor hasta conocer a Magda, y había terminado mezclándose con la tristeza y la humillación. Por mucho que las cosas hubieran sido de otra manera, el daño ya no podía ser reparado. Y Magda no podía formar parte de su futuro.

Magda salió de la clínica sintiéndose cansada pero contenta, hasta que vio un todoterreno detenerse en el aparcamiento. Instintivamente aceleró el paso y bajó la cabeza, pero oyó a su espalda:

–¡Magda!

Se volvió lentamente. Todavía no estaba preparada para enfrentarse a Nic, al que no veía desde dos días antes, cuando había abandonado su cama. Él no se había molestado en contactar con ella. Compuso una expresión neutra y educada, pero en cuanto lo tuvo cerca, se le contrajo el corazón.

–Hola, Nic.

–¿Cómo está María?

–La operación ha ido muy bien –dijo Magda con una forzada sonrisa–. Te está muy agradecida.

–No ha sido nada –dijo él, haciendo un amplio gesto con la mano.

–¿Querías algo más? –preguntó Magda en tensión.

Nic la miró fijamente y ella se inquietó.

–La otra noche… no usamos protección.

Magda sintió un golpe de calor seguido de frío. Ni siquiera había reparado en ello.

–Tranquilo. Me ha bajado el periodo –farfulló.

–Me alegro –dijo Nic entre dientes.

Ansiosa por marcharse, Magda comentó:

–Hernán vuelve mañana a la hacienda. En cuanto revise el contrato, lo firmaré –se sentía un fraude por retrasar lo inevitable. Ella ya lo había leído y era más que generoso.

–Iré a recogerlo –dijo Nic.

–Adiós –Magda se volvió y fue precipitadamente a su todoterreno, irritándose consigo misma por sentirse al borde de las lágrimas.

Aunque fuera absurdo, tenía el convencimiento de que aquel instante marcaba la ruptura final del vínculo que habían establecido ocho años atrás.

–Magda…

Magda se detuvo y pestañeando furiosamente, se volvió. Nic no se había movido y la observaba con expresión preocupada.

–Siento que…

Magda alzó una mano por temor a que fuera a ofrecerle algún tipo de disculpa.

–Por favor, Nic, no. No digas nada.

Dio media vuelta y salió corriendo. Nic y ella habían llevado su historia de amor a su desenlace. Haber creído que lo que había pasado entre ellos hacía unas noches tenía algún significado para el futuro, no era más que una prueba de su ingenuidad.

Pero su corazón no estaba en sintonía con su cabeza, y, conduciendo hecha un torrente de lágrimas, se preguntó por qué sentía que la herida, más que cerrarse, estaba más abierta que nunca.

Al día siguiente temprano, Magda miraba el contrato al que la noche anterior Hernán había dado su aprobación. Con la inversión de Nic podrían renovar los viñedos y la casa; Hernán y María quedaban protegidos y asegurados; y contratarían a un nuevo enólogo, además de mano de obra y nueva maquinaria para la recogida y la producción del vino.

Con el corazón en un puño, Magda tomó un bolígrafo y firmó en la línea correspondiente. Con ello, sellaba su destino, puesto que aquella firma significaba que ya no podía seguir viviendo allí y viendo a Nic a diario sabiendo que su affaire no representaba nada para él.

Le había vendido su corazón y su alma; y había usado la inversión como excusa. Lo que habían vivido no era para él más que un legajo de papeles.

Magda intentó escribir una nota a Nic, pero todas las que empezaba le resultaban ridículas o inapropiadas. Finalmente, escribió:

Nic, le dejo a Hernán plenos poderes sobre la hacienda. Es la persona más adecuada para hacer el trabajo. Tuya, Magda.

La metió en un sobre y la dejó sobre el contrato, junto con otra nota para Hernán. Y se fue.

Nic vio la luz del amanecer colorear los picos nevados de los Andes en la distancia. Le picaban los ojos y no estaba afeitado. Había pasado la noche en vela. La vista de su propiedad, que durante años lo había llenado de satisfacción, llevaba semanas dejándolo indiferente. Lo mismo le sucedía con el trabajo.

Sabía perfectamente el momento en el que aquella sensación de hastío lo había invadido: el día en que había visto a Magdalena Vázquez entrar por la puerta del hotel de Mendoza. Entonces, incluso antes de reconocerla, había sabido que su vida iba a cambiar irrevocablemente.

Y de repente, mientras el rosa iba coloreando el blanco de la nieve, Nic supo qué debía hacer si quería recuperar la alegría y la cordura. Las disputas entre sus padres, la competencia entre las bodegas, no significaban nada para él. Porque desde el instante en que se encontró con Magda Vázquez en el manzanal, esta se había convertido en la dueña de su destino. Ella le había roto el corazón, pero solo ella podía recomponerlo.

Desde que ella había vuelto, él había despertado a la vida aunque hubiera pretendido ignorarlo. El dolor de salir de su refugio interior había sido inmenso, pero ya no podía volver a él.

Ni siquiera se dio cuenta de que se ponía en marcha hasta que se encontró en el todoterreno, yendo hacia la casa de Magda. Apenas fue consciente del único vehículo con el que se cruzó, un taxi.

El silencio sepulcral que lo recibió en Vázquez solo podía significar algo que prefirió no creer. En el despacho, encontró las notas y el contrato. Leyó la suya y luego vio la firma de Magda en el contrato.

Miró a su alrededor con un brillo refulgente en los ojos.

Magda contó el dinero y comprobó que tenía suficiente. En cuanto llegara a Buenos Aires, le pediría a su tía que…

–¿Estás huyendo, Magda?

Magda se quedó paralizada. Al volverse vio a Nic, cruzado de brazos, con una aparente calma que contradecía su aspecto general: estaba desaliñado, tenía los ojos rojos y no se había afeitado.

Magda miró en otra dirección, hacia las taquillas de la estación de autobuses.

–No entiendo por qué te has molestado en venir, Nic. Y no, no estoy huyendo.

–¿De verdad quieres que crea que la hacienda no te importa?

Ella lo miró airada.

–Sabes perfectamente que eso no es verdad.

–¿Y por qué te vas?

–No hace falta que yo permanezca en Vázquez para que tú hagas la inversión.

–Es parte del acuerdo –dijo Nic, entre dientes.

–Nic, no puedes hacer nada para detenerme.

–¿Y si te dijera que no quiero que te vayas, y que no tiene nada que ver con la inversión?

Ella lo miró impasible.

–No quiero que te vayas –repitió Nic–, porque me he dado cuenta de hasta qué punto te necesito.

Magda apretó el bolso con fuerza, esforzándose por no interpretar el revoloteo de alas que sintió en el pecho.

–Hernán se ocupará de todo. No hace…

Nic prácticamente estalló.

–Me da lo mismo la inversión. Solo me ofrecí a invertir porque quise evitar que cometieras una estupidez. El contrato…. –Nic dejó escapar un exabrupto–.

El contrato solo sirvió para tenerte en mi cama porque estaba aterrorizado de que me rechazaras.

Alargó la mano y acarició la mejilla de Magda.

–Lo he estropeado todo porque no quería admitir cuánto me importabas –continuó–. Durante aquella semana me enamoré de ti tan profundamente que tu rechazo…

Magda sintió que se le nublaba la visión. Posó su mano sobre la de Nic y descansó su rostro en ella.

–Nic, siento tanto lo que sucedió: que dejara que mi madre me envenenara la mente; no poder decírtelo… Yo también me enamoré de ti. Por eso sé que nunca podrás perdonarme –dejó caer la mano de Nic y añadió–: Por eso me voy. No soy lo bastante fuerte como para verte a diario, amándote como lo hago y sabiendo que tú… sigues con tu vida.

Nic la miró sorprendido.

–¿Me sigues amando?

Magda asintió y los ojos se le llenaron de lágrimas.

–Siempre has ocupado mi pensamiento y mi corazón. Cuando volví, quise creer que te odiaba por tu altivez y por hablar del pasado despectivamente. En el fondo, creo que acepté el contrato porque era la única manera de tenerte.

Magda bajó la mirada y se secó las mejillas.

Él le hizo alzar el rostro, y cuando ella lo miró, pensó que se le había parado el corazón. Los labios de Nic se curvaban en una encantadora sonrisa que la embriagó.

–¿Has escuchado lo que te he dicho? –preguntó él con dulzura.

Magda se sentía confusa. ¿Qué le había dicho Nic?

Antes de que pudiera reaccionar, Nic hincó una

rodilla en el suelo ante ella y le tomó las manos. Mirándola fijamente, dijo con voz ronca:

–Magda Vázquez, te amo. Ya me fascinabas antes de conocerte. Luego, me enamoré de ti y nunca he dejado de amarte. Pero solo me he dado cuenta cuando volviste. Primero intenté odiarte, vengarme de ti... pero deseaba tu cuerpo y tu alma, aunque me negara a admitirlo.

Magda estaba tan atónita que se quedó muda. Debía de estar soñando. La gente que pasaba los miraba con curiosidad y se había formado un círculo a su alrededor.

–Magda Vázquez... ¿te quieres casar conmigo? No puedo seguir con mi vida si no te tengo. Quiero que tengamos hijos, y que envejezcamos juntos. Te amo.

Se oyó un suspiro de uno de los espectadores y Magda comenzó a llorar de emoción. Nic se incorporó y la abrazó, confortándola. Cuando pudo, Magda se separó de él y lo miró. En sus ojos pudo leer que todavía temía que desapareciera y lo abandonara.

Se abrazó al cuello de Nic y, besándolo, dijo:

–Claro que me casaré contigo, Nic de Rojas. ¿Cómo no iba a hacerlo si te amo con locura?

Los aplausos y vítores del círculo de curiosos hizo que ocultara el rostro en el pecho de Nic, avergonzada, y luego dejó que él la tomara en brazos y se la llevara.

Un año más tarde

–No –explicó Nic con paciencia–. Estamos casados, pero mi mujer, que tiene una bodega a su nombre, ha conservado su apellido.

Magda tuvo que contener la risa al ver marcharse a la madura pareja que desaprobaba su decisión. A la gente de Mendoza le costaba aceptar que se hubiera producido una unión entre sus dos familias. En cuanto se perdieron de vista, miró a Nic y como siempre que lo hacía, sintió que la invadía un agradable calor.

–Bien, señor De Rojas –dijo, sonriendo–. ¿Te das cuenta de que este es nuestro primer aniversario?

Nic frunció el ceño.

–Pero si solo nos casamos hace nueve meses.

Magda miró alrededor del suntuoso salón de baile y le apretó la mano.

–Me refiero al día que nos reencontramos.

Nic miró los limpios y amorosos ojos verdes de Magda y sintió una opresión casi dolorosa en el pecho. Le pasaba a menudo, y era la manifestación física de su amor. Sonriendo, le tomó la mano y se la besó. La mirada de ella se enturbió y él sintió la sangre bombearle en la ingle. Se comportaban como dos adolescentes con las hormonas descontroladas.

–Feliz aniversario, mi amor –dijo él con voz grave y sensual.

Magda suspiró y se llevó la mano al prominente vientre. Había salido de cuentas hacía dos semanas.

–¿Crees que este bebé va a nacer algún día? –bromeó ella–. Si tarda mucho más, voy a necesitar una grúa para moverme.

Él se rio y abrazándola, dijo:

–Se me ocurre una manera de animarle a salir.

Magda sintió que se derretía ante la mirada de deseo de Nic. El último año había sido un sueño. Amaba a Nic más de lo que hubiera podido imaginar.

–¿Podemos marcharnos? –preguntó.

–Podemos hacer lo que queramos –dijo él. Y le dio un beso en los labios.

–Pero… ¿Y tu discurso?

Nic intercambió una mirada de complicidad con Eduardo y luego dijo:

–Eduardo se ocupará –puso la mano en el vientre de Magda–. Tú y yo somos lo único que importa.

Al día siguiente, a las cinco de la tarde, Nic y Magda dieron la bienvenida a su hijo, Álvaro.

Magda, exhausta, pero feliz, observaba sonriente a Nic, que sostenía al bebé en brazos.

–Si pudiéramos patentar tu método para traer niños al mundo, nos haríamos ricos.

Nic, que sujetaba uno de los deditos del bebé, dijo divertido:

–La próxima vez me esforzaré más.

Magda gruñó.

–Tal y como me encuentro, va a pasar mucho tiempo hasta la próxima vez.

Nic se rio y Magda se alegró de que le hubiera vuelto el color a las mejillas después de lo mal que lo había pasado en el quirófano al sentirse tan impotente y verla sufrir tanto.

Él acercó a Álvaro a Magda, que se incorporó para darle de mamar. Nic se inclinó y le susurró al oído:

–No te preocupes, señora Vázquez. La próxima vez haré que sea tan placentero que ni te acordarás del dolor.

Magda lo miró y observó cómo miraba su seno

descubierto, del que Álvaro succionaba con fruición. Al instante sintió una presión en el vientre que no estaba relacionada ni con el dolor ni con las quince horas de parto. Sonriendo, dijo con dulzura:

–Dios mío, nadie me había advertido de que esto sería así.

Nic la besó en el cuello; luego la miró, y posando una mano sobre la cabeza de su hijo, se limitó a sonreír.